関谷由美子
Sekiya Yumiko

〈磁場〉の漱石
時計はいつも狂っている

翰林書房

ドラロシュ・ポール「レイディ・ジェイン・グレイの処刑」ロンドン・ナショナル・ギャラリー蔵

〈磁場〉の漱石——時計はいつも狂っている——◎目次

＊漱石のテクストの引用は、とくに断らない限りは『漱石全集』（岩波書店一九九三―一九九六年版）に拠った。

まえがき――〈盲点〉と〈異文化〉――

本書は、夏目漱石の小説八編と、長塚節の『土』に関する二編の論考とを集めたものである。漱石が、人間には自分自身が謎である、という認識を早い時期から抱いていたことはよく知られている。明治二九年一〇月、熊本第五高等学校交友会誌『龍南会雑誌』に発表された「人生」は、人間とは、自分自身にとっての他者であるという認識が、天変地異に例えられながら繰り返し述べられている。

> 良心は不断の主権者にあらず、四肢必ずしも吾意思の欲する所に従はず、一朝の変俄然として己霊の光輝を失して、奈落に転落し、闇中に跳躍する事なきにあらず、（略）大丈夫と威張るものゝ最後の場に臆したる、卑怯の名を博したるものが、急に猛烈の勢を示せる、皆是自ら解釈せんと欲して能はざるの現象なり、況んや他人をや、（略）

自分が自分にいかに見えていないか、という問題は、人間の意識がいかに限定されたものであるか、人間とはどれほど広大な意識の死角を抱え込んだ存在か、ということに他ならない。漱石の文芸上のモチーフもここに胚胎し、絶筆『明暗』に到るまで漱石はこの問題を手放そうとしなかった。本書に集めた論考は、漱石がどのように人間の〈意識の死角〉をテクスト構成上の方法となしえたか、を関心の中心としている。

＊

人間が置かれた条件の違いは、人間の生活と意識と死生観を規定し、そこに〈意識の死角〉が生ずる。〈意識の死角〉は自他に対する〈理解〉の妨げとなる。これが文化の違い、異文化間の問題となる。本書の論考に表れる「異文化」もこの意味で使われている。周知のように漱石には深刻な西欧文化との衝突の経験があった。英文学研究の途上で逢着した、西欧の文学の概念と、東洋の文学の概念とがいかに違うか、のような、壮絶な知的葛藤の経験として、作家以前の漱石の異文化体験はあった。それが中心文化（西欧）に対する周辺文化（日本）という権威のヒエラルキー[1]としてあったため、漱石は「自己本位」を強調しなければならなかった。この衝撃の体験は、西欧対東洋のような地理的図式をはるかに凌駕して、漱石において深く内面化され、小説においても様々なレベルにおける異文化との葛藤の諸相が表象されることになった。〈異文化〉という概念は拡大され、つまり相互に理解不可能な他者は漱石において〈異文化〉間の問題として捉えられたのだとさえ思われる。私は、『行人』の一郎とお直の夫婦関係を、伝統的な異類婚姻譚の復活、という感覚を拭いきれないのだが、漱石の小説において、夫婦関係というものは文化的磁場を異にする〈異類〉間に生起する違和もしくは恐怖という水準で捉えられている、と思われるのだ。そして他者を〈異文化＝異類〉と捉える時、ひとは、否応なく自己を意識せざるを得ず、また一方で、地位、立場などの意味性を拭い去られた普遍的な存在ともなるのである。

本書で取り上げる最初の三編、『倫敦塔』『坊っちゃん』『趣味の遺伝』は、主人公の〈意識の死角〉が〈異文化体験〉によるものであることが小説読解のキイとなっている。あたかも「余」「俺」という一人称が他（異文化）をよびよせたかのように。しかし彼らが何を本当に呼び寄せたのかは、決して単純には見えてこない。

米国の異文化コミュニケーション研究のジョン・コンドンは異文化間において「常識」や「理屈」が、私たちが周囲をいかに認知しているか、という慣習と不可分であることを次のように述べている

（略）なにが認知されるかは、いろいろな要因の影響を受ける。たとえば、何を見るべきか教え込まれたこと、その文化が何を重要と考えるか、何を見たいと希望するか、そして、言語の文章構造（文法）そのものでないとしても、言語習慣の意味論の構成要素などである。

「事実」などは世の中に存在しないことを念頭に置いておくべきだ。「事実」とは、世の中のことについての証明可能な描写の事である。そして、違った社会の人は、違った観察をする選択を持つし、その必要がある。

（『異文化間コミュニケーション』サイマル出版会　一九八〇・七）

つまり同じものを見ても、文化が違えば全く別のものを認知する、ということだ。さらにコンドンは、英国の文化人類学者であるエドムンド・リーチの言を次のように紹介している。

オーストラリアのアボリジニ（土着の原住民たち）は「まるで本を読むかのように砂漠を読む」と、そこに旅した人がよくいうが、これは文字通りきわめて正しい指摘である。そういう知識は、誰かの頭に入っているというのではなく、環境の中にあるのだ。環境は自然のものではない。相互に関連のある知覚対象のまとまりであり、文化的産物である。砂漠は原住民には食糧を与えても、白人の旅行者にはそうしない。それは、人が食用に供せない昆虫としかみないものを、原住民は食糧と見るからである。（同）

「相互に関連のある知覚対象のまとまり」としての「環境が文化的産物」であるという事実は、それぞれが異なった「環境」をもつ人間にとって、互いに他に対して〈意識の死角〉を構成する要因となるだろう。そのような意識の死角はどのように表象可能であろうか。

『倫敦塔』の「余」は、見物したロンドン塔で見かけた英国の婦人が見ているのと同じ光景を見ながら、婦人の認知しているものが認知できない。詳しくは本論にゆずるが、ロンドン塔の歴史性を自国のものとしてこの環境に生きている英国婦人と、異邦人である「余」では、認知の背景、つまり異なる伝統、意識、死生観の故に、認知の形態が違うのである。そのため日本人である「余」には、「余」の常識、「余」の文脈でしか婦人の振舞いの意味がつかめない。ここに、どれほど英文学を読んでも、ネイティブのような味わい方はできない、と知った漱石の英文学研究に対する失望が影を落としているであろう。しかし作中の「余」には、自分と異文化の人間である英国婦人との、意識ないし知覚のギャップがあることに気付くことさえできない。『倫敦塔』というテクストのもたらす不思議感の核心はこの、異邦人たる「余」の〈意識の死角〉、そしてその事実と不可分な〈視覚の無力〉によるものである。

『趣味の遺伝』『坊っちゃん』もまた、右に述べたような別環境、すなわち〈異文化〉に、自ら知らずに潜入してしまった主人公が引き起こすドラマとして本書では論じられている。『趣味の遺伝』の「余」が、日露戦争で戦死した親友「浩さん」の墓参に訪れたのは、「寂光院」という、「余」が生きている日露戦時下の東京とは異なる歴史環境であった。ここに足を踏み入れたことから「余」の運命も、そして「浩さん」の運命も大きく変わっていくのである。「余」は「寂光院」の墓参を契機として、「浩さん」の家郷である紀州藩にまつわる人々を知る。「浩さん」が紀州藩士の子息であったことは「余」の知らない「浩さん」のもう一つの顔であった。そして「余」にはその歴史環境に今も息づいているある〈空気〉が分からない。「余」は紀州藩のネットワークの異邦人なのである。『倫敦塔』の「余」と同様に。このように見ることが可能であるなら、この時期、つまり小説家としての出発期の漱石の関心が集中していたのは、人間には目の当たりにしていながらそれを全く意識化できない場合がある、すなわち視覚の優位の破産の認識と、異文化と異文化がすれ違う時に湧出するドラマであることが理解できる。またその二つの主題は、漱石の小説において最後まで決して消えることなく追及され続けたのである。これは〈他者が分からない〉という一般論ではない。先に、「余」という一人称が〈他〉を呼び寄せる、と述べたように、他者（異文化）は、常に主人公の〈意識の死角〉を照射するものとして現われてくるのである。『坊っちゃん』も同様の構造を持つ。

これでも歴然とした姓もあり名もあるんだ。系図が見たけりや、多田満仲以来の先祖を一人残らず拝ましてやらあ。

と、先祖伝来の家の系図に誇りをもっていることで明らかなように、「坊っちゃん」は絶対的な信頼に基づく主従関係を自明のものとする旧幕時代のエートスに属する人物である。「坊っちゃん」が教師として赴任した〈学校〉は、平等主義と出世主義と標準語の行き交う〈近代社会〉であった。そこでは「坊っちゃん」は、どこかから紛れ込んだ異邦人なのであり、「坊っちゃん」の行動のことごとくが軽侮嘲笑の的となる。そして「坊っちゃん」には〈彼ら〉が見えない。すなわち彼らを俯瞰することが、言い換えればそれと認識することが出来ない。歴史的過去に属する「坊っちゃん」には〈近代〉を歴史化し俯瞰する位置に立つことが絶対にできないからである。『坊っちゃん』は、〈近代社会〉と、〈旧世界〉から紛れ込んだ〈子ども〉との、双方の〈意識の死角〉がもたらす滑稽な敵対関係のうちに、明治政府が次々に配備する近代的諸制度に対する漱石のシニカルな眼差しをうかがわせつつ〈旧世界〉が追いやられていくペーソスを炙り出した。

『三四郎』ではそのような〈意識の死角〉はどのように表象されたであろうか。地方と東京、という地理的構図はこれまでこの小説を論じる場合に必ず言及される問題であるが、三四郎がついに広田・美禰子ら、この文化空間の〈異邦人〉に終始したことの意味は、三四郎の故郷と都市の経済システムの差異の問題、つまり未だ農本主義社会の価値空間に生きる者が、資本主義社会の価値空間に突然投じられたことが引き起こす葛藤であると見ることができよう。

資本主義的価値空間とは、広田先生が執拗に三四郎に教えようとした、「無意識の偽善者」がいる場所のことである。「無意識の偽善」とは、愛してもいない相手を虜にしようとするアートのみを指すのではない。それ自体が目的でなければならないものを他の目的に流用することである。すなわちそれ自体が目的であるべき人間関係が、いつのまにか何らかの他の目的のために流用されてしまうこと、と言いうる。これは『それから』の代助が三千代に対してしたことにも言いうるのである。「無意識の偽善者」は、彼／彼女自身の行為の意味（目的）について知らないふりが出来る人と言えよう。知らないふりとは、意識下では知っているのである。

その場合の知らないふりこそが〈意識の死角〉となる。したがって彼／彼女の行為は、無意味なものとなり、生まれ出るべき本来の人間の関係が無意味化される。『三四郎』の中の言葉で言えば「のつぺらぼう」となる。三四郎の意識が捉えられなかったものは、美禰子の、如何にも意味ありげに装われた〈行為の無意味さ〉であった。資本主義社会に生きる「無意識の偽善者」たちの触れるものは、ことごとく腐食（＝のっぺらぽう化）するのである。

漱石が、日露戦後に見た日本の現実は、こうした〈のつぺらぼう化〉の驀進であった。このような社会、このような人間の複雑な自意識を漱石が初めて表象しえたのである。漱石が存在した〈磁場〉を構成する主要素は〈異文化対立〉のみではあり得ないが、漱石が文学上のモティーフとして偏愛した〈意識の死角〉（＝人間の意識の限定性）は、鷗外、二葉亭以来、〈私性〉を描くことに集中してきた日本近代文学が当初から孕み持つ問題を観察可能なものにした、と言えよう。

誰も、その時代や所属する階層から自由ではありえない。文化によって構成・構造化される人間の〈意識〉も、人間の最後の自由を保証するものであると共に、人間にとって致命的な不可視の檻をも与えるものであることを漱石ほど痛切に時代に結びつけて表象した小説家はいない。本書収録の論文は、如上の立場から、初出時の内容を再検討し、必要に応じて訂正し、論旨の欠落を補いつつ、その一端を詳らかにしたつもりである。

漱石論の他に、長塚節『土』に関する論考を二編収録した。節と漱石は、共に正岡子規が提唱した写生文を、方法的に洗練させたという点でも同時代人である。しかし節の『土』は、漱石の小説が等閑に付した日本文学の伝統美を基層に秘めている。『土』は「源氏物語」桐壺巻がそうであるように、愛妻の死から始まる物語であり、「源氏」の構造を背後に揺曳させる効果によって写生文の新たな一面を開拓している。『土』の、愛すべきヒロインおつぎは、幼い弟にとっては〈姉にして母〉であり、勘次にとっては〈娘にして妻〉のように思える女に成長してゆく。節は、漱石が「『抗夫』の作為と自然派伝奇派の交渉」(明治四一年四月『文章世界』)に分析してみせた「手法としての写生文」が内包する推理小説的方法によって、『土』の、ある〈秘密〉を決してあからさまに語ることなく悠々と描き切った。〈手法としての写生文〉も本書が強調した側面に他ならない。双方の文学が示している人間観と世界観のあまりの懸隔にもかかわらず、この点で漱石と節は極めて親和的なのである。〈写生文〉のこうした時代的な成熟を示すことも本書が目指したことの一つである。

注

(1) 平川祐弘は『西欧の衝撃と日本』(一九八五・一〇 講談社)「あとがき」に、「「西洋と東洋」というような対の言葉をならべるより、「西洋と非西洋」と呼ぶ方が、産業革命以後今日にまで及ぶ「西洋の衝撃」について、衝撃を与えた側(西洋)と衝撃を受けた側(非西洋)の力関係が如実に示されるかと思う」と述べた。

第一章

ジェーン、グレーの眼——『倫敦塔』——

一　〈塔〉の怪――ゴシック・ロマンス

実際のロンドン塔が、漱石の『倫敦塔』に描かれたイメージとかなりの隔たりがあることはしばしば指摘されたところである。塔の歴史を、処刑された囚人の「百代の遺恨」の累積に焦点化し、「地獄の影」を強調するために、城塞・宮殿・牢獄を兼ねていた塔のもう一方の、厳かな式典や華やかな饗宴が催された宮廷の要素はきれいに切り捨てられている。その結果〈鉄格子のはまった高壁〉〈仕切りの石壁〉〈仕置場〉〈穴倉〉〈地下〉など、建造物としての塔の迷宮性・神秘性が、一八世紀後半から一九世紀初めにかけて流行を見た、中世的ゴシック建築の廃墟や古城を舞台とするゴシック・ロマンスの趣向を思わせるものとなっている。超自然的な事件が次々に起こる幻想の〈場〉として、『倫敦塔』が、怪異や偏奇な人間像によって情念を描こうとするゴシック・ロマンスの様式を借りたことは疑い得ない。

ゴシック・ロマンスの嚆矢とされるホレス・ウォルポールの『オトラントの城』(1)に用いられている怪奇・幻想の道具立ては、亡霊・殺人・監禁・地下道・密室・神秘的な肖像などであって、作者ウォルポールの、「幻想は、お祭しのことと存じますが、いつも私の栄養源です」「私は幻想を智恵だと思います」(2)という言葉は、まさにこれらの〈場〉を抜きにしては考えられない。また、〈近代的知と幻想〉という対立葛藤が、方法上の問題として常に緊張関係を保持していた漱石の言葉としてもこれらの言葉は聞き得るのであって、このテクストの詩的幻想性はこうした流れの上に定位している。視点人物かつ語り手である「余」という存在の考察は後段に譲るとして、まず〈幻想の場〉の問題、すなわち古跡・廃墟としての〈塔〉の背景にある文学史的水脈を検討することから始めたい。

水を隔ててそびえる怪奇な館の物語、エドガー・ポーの『アッシャー家の崩壊』[3]は、ゴシック・ロマンスの流れを汲むものであるが、この小説の、『倫敦塔』のプレテクストとしての要素を考察したい。すでに廃墟と化しつつある先祖代々の館の中で、訪問者である「わたし」が、双児の兄の手によって妹が生きながら埋葬されるという地獄を目のあたりにし、恐怖に駆られて館を逃げだす、というこの小説の枠組が、川を隔てた〈塔〉の中で過去の〈地獄〉を幻視した異邦人である「余」が「少々気が変だと思つてそこ〳〵に塔を出」「無我夢中で」宿に帰る、という物語形式を採用させたことは確かなことに思われる。「神経の異常な状態にある」[4]館の主、ロデリック・アッシャーが口ずさむ「魔の宮殿」と題する詩の最後の一節は次のようなものであるが、建造物自体の魔性・呪性を示すものとして、「余」が塔内で視る幻像の性格を示唆している。「いまこの谿を行く旅人たちは／赤く輝く窓ごしに見るのだ―／狂い乱れた楽の調べに合せ／大いなる物影のあやしく動きまわるさまを。／して色青ざめた扉からは／おそろしい奔流のごとく／物の怪の群が走り出で／高笑いをひびかせる―だがそのかみの微笑は　消え果てて今はない」。こうしたイメージはゴシック・ロマンスに特有のものであるが、この詩の中にロデリック・アッシャーが込めた思想に注目したい。それは「無機物界」、つまり建造物にも知覚が存する、というものである。訪問者「わたし」は、「邸のそばにさざ波一つ立てず輝く、黒々と不気味な沼」の渕に立って館を「打ち眺め」、沼の「ゆがんだ倒影を見下」すうち、急速に「迷信めいた気持に」捉われてゆくのである。『倫敦塔』の「余」がテームズ河にかかる塔橋に立って〈眺める〉の語の反復のうちに「常態を失」い、「過去の歴史」の中に「吸収」されていったのと全く同様に。アッシャー家を訪れた「わたし」がこの館で最後に見たものは、死者として埋葬され「館の主壁に数多くある窖の一つに安置」されたマデライン姫が棺桶の中で甦り、「経帳子」に、必死にもがいた痛ましい血痕をにじませて〈古風な扉〉の影から現われ、兄ロデリックの身体の上に倒れかかる、という光景であった。

　漱石の『倫敦塔』において、生きながら葬られた人間の生への執着のモチーフが、エインズワースの『ロンドン塔』に描かれたよりもはるかに拡大され、この小説における圧倒的な個性となったのは、〈牢獄〉はまさに〈棺桶〉であるという認識に基づくものであり、ポーの、〈早すぎた埋葬〉が棺の中の人間にもたらす恐怖と苦悶のモチーフこそ『倫敦塔』の閉塞感と恐怖の表象にあずかって力があったであろう。『アッシャー家の崩壊』の「わたし」が、館を走って逃げるのに対して「余」は、塔に入る時、「一目散に塔門まで馳せ着けた」などの対照性も、建造物それ自体の魔性という、ゴシック・ロマンスの輪郭を共有する両テクストの類縁を示している。

こうした『倫敦塔』の文学史的受容の方向性を考える場合、ゴシック・ロマンスの流れからはややそれるが、ゴーチェの『ポンペイ夜話』は、形式・内容共に逸し難い示唆に富む。ゴーチェは、ホフマンの強い影響化に作家的出発をした怪奇幻想を得意とする作家だが、漱石は次のようにゴーチェを評価している。蔵書『Little French Masterpiece 1903』の見返しに、「現代日本の小説家は概して短篇作者なり　去れども未だ一人も此著者の如き程度に達せるものなし」（蔵書への書込み（Gautier））。また「Arria Marcella」（『ポンペイ夜話』の原題）の末尾余白に、「結構モ、思想モ、借辞モ共ニウマイ者デアル。コンナ者ヲ書カウ〳〵ト思フテ居ルウチ、イツノ間ニヤラ此男ガ制作シテ居タ」と感嘆している。『ポンペイ夜話』[5]の概要は次のようなものである。若い三人の友が、イタリア旅行で「ナポリのストゥーディ博物館を見物」する。その内の一人オクタヴィアンは、陳列品の中に、ポンペイの遺跡から発掘された若い女の「胸と脇腹の断片」の押型を見出し、深く心を捉えられる。その夜、月光の中を一人あてどもなくポンペイの廃墟へ向ったオクタヴィアンの前に二千年の時空を隔てて押型の当人である「アッリア・マルチェッラ」が現われ、二人は愛し合うことになるのだが、マルチェッラの父の呪文によって女は「一つまみの灰」と化し、「絢爛をきわめた部屋」ももとの廃墟に帰してしまう。

漱石がこれをいつ読んだかは特定し難いのだが、一九〇三年（明治三六）の発行であり、先の「コンナ者ヲ書カウ〳〵ト思フテ居ルウチ」という言葉は、『吾輩は猫である㈠』『倫敦塔』『カーライル博物館』と、たて続けに創作の興が乗っていたこの時期のものと考えられる根拠がある。それは、『倫敦塔』に出現する様々のヴィジョンの論理的背景がポンペイの廃墟に現われた〈過去〉のそれと等しいものであり、「余」が幻視した対象とは何であったか、の絵解きとなっているからである。『ポンペイ夜話』の次の箇所に注目したい。

実際、何事も決して死滅するものではなく、すべては常に存在している。どんな力もひとたび存在したものを無に帰することはできない。（略）物質的な形は俗人の眼から消え失せても、その放出する幽魂は無限の宇宙にさまよっている。パーリスは人の知らない空間の一隅で、いまだにヘレナを誘拐しつづけ、クレオパトラのガリー船は、空想のキドヌス河の青空に、絹の帆をふくらませている。熱情的な強い精神は、遠く流れ去ったと見える過去を手元に引きよせて、万人が死んだと信ずる人物をよみがえらせることができた。

（傍点引用者以下同様）

漱石は蔵書の当該箇所に「此理ウマク言現ハサレタリ」と書き込んでいる。

塔内の「余」の幻視について竹盛天雄は「語り手「余」の特殊装置としての常態喪失」[6]を指摘している。しかしこのようにゴシック・ロマンス、幻想文学の系譜の中に『倫敦塔』をおいて見る時、〈常態喪失〉の内実が改めて問われなければならないことを示している。すなわち廃墟・古跡は、ひとたび存在したものの「幽魂」が、今もなお把住する場であるという〈永生〉の思想こそが、塔に現われた幻影のリアリティを支えているのである。とするならば、「余」の常態喪失とは、そのような場所としての塔に侵された状態をいうのである。「常態を失う」ということについて『文学論』第四編第七章写実法の次の部分は一つの示唆を与えている。

平生の我を失ふものは平生以上の我を得たるか、平生以下の我に堕せるかの二に過ぎず。（略）然れども詩歌の空想郷に立つて、此現象を見るときは迥《けい》然として別種の観あるを妨げず。日常の自我を遺失せる刻下に、己霊の幽光を千里の遠きに放つて、双耳双目の視聴以外に、物象の先後するを知り得て、傍人の解すべからざる玄妙の予言を道破し得たりと解するも亦高遠の趣なきにあらず。

ここに考察されている「浪漫派」の詩境は、先に挙げたホレス・ウォルポールの「私は幻想を智恵だと思います」という主張とも、ゴーチェの〈熱情的な強い精神のみが、知らない空間の一隅の、放出されたる幽魂を取り戻し得る〉という詩想とも映発し合っている。「余」が見たものはまさにこのような意味において「己霊の幽光を千里の遠きに放つて」「いまだに」幽閉され、処刑の場にとどまる二人の王子や「ジエーン、グレー」を幻視したと解することができるのである。

『ポンペイ夜話』の、二千年前に死んだ筈の若い女の痕跡に深く心を動かされる青年のように「余」は〈過去〉に囚われてゆくのだが、それは「磁石」に吸収される「鉄屑」の、卓抜な比喩として、「余」と〈中世〉とのダイナミックな交感の始まりを告げるものとなっている。

> 余は忽ち歩を移して塔橋を渡り懸けた。長い手はぐい〳〵牽く。塔橋を渡つてからは一目散に塔門迄馳せ着けた。見る間に三万坪に余る過去の一大磁石は現世に浮游する此小鉄屑を吸収し了つた。

「余」が見た〈幻像〉が、「パーリスは人の知らない空間の一隅で、いまだにヘレナを誘拐しつづけ……」のような意味で、長い時を隔ててもなお塔内に漂う「幽魂」のパーソニフィケーションであって、『倫敦塔』がやはり一種の〈怪〉を描こうとした小説であることは、「余」の脳裡に思い描かれるものが「想像」と呼ばれ、塔内に出現したものを見た場合の「空想」という語と厳密に区別されていることでも明らかである。(7) 塔内で「余」が「想像」するのは「幽囚の際、万国史の草を記した」「ヲルター、ロリー」の場合だけであり、それが他の例のようなドラマティックな示現に至らず「想像」に止まってしまった理由は、「余」が「其部屋」を見ることができなかったからなのである。

彼がエリザ式の半ヅボンに絹の靴下を膝頭で結んだ右足を左りの上へ乗せて鵞ペンの先を

紙の上へ突いたま、首を少し傾けて考へて居る所を想像して見た。然し其部屋は見る事が出来なかつた。

したがって塔内での「空想」（「想像」ではなく）とは、「余」が塔に侵されているために、「余」の魂が、〈其場〉にたゆたっている過去の存在に感応して招き寄せられた像を指すのである。例えば「はなやかな鳥の毛を帽に挿して黄金作りの太刀の柄に左の手を懸け、銀の留め金にて飾れる靴の爪先を、軽げに石段の上に移すのはローリーか」のような克明かつ生ま生ましい現実感は「余」の異状とともに塔そのものの魔性を、すなわち幻視されたものの実在性を主張するものと考えなければならない。現に、塔を出る直前の「余」は、「帰り道に又鐘塔の下を通つたら高い窓から「ガイ、フォークス」が稲妻の様な顔を一寸出した。「「今一時間早かつたら……。（略）」と云ふ声さへ聞えた。」と、まさに事実として、今だに塔の「其部屋」に存在し続けているものとしての「ガイ、フォークス」を見た、と語っているのである。この時「自分ながら少々気が変だと思つて（略）」と自意識を客観しているのは、「余」が「帰り道」にさしかかっているからなのだ。

『ポンペイ夜話』で、オクタヴィアンの移動に伴って二千年前のポンペイ市が示現したように、異邦人である「余」が、英国史に刻みつけられた惨劇の現場に立ち会った、という事実の不思議は、まぎれもなくこの「ガイ、フォークス」の件によって、つまり覚めかかった「余」

を通じて示唆されていると言えよう。漱石が「書カウ〳〵ト思フテ」いた幻想譚は、ポンペイの美女アッリア・マルチェッラならぬ〈ロンドン塔〉の「ジエーン、グレー」を得て完成するのである。

二　心的機構

『倫敦塔』という小説の捉え難さは、実は「余」という語り手の捉え難さである。「余」とはどのような語り手か。岡田英雄(8)に、語り手「余」が、『文学論』第四篇第八章間隔論の中で考察されている「写生文」の手法に、すなわち「散漫にして収束なき雑然たる光景なるを以て興味の中心たるは観察者即ち主人公ならざるべからず」という場合の〈観察者・主人公〉に近似しているとの指摘があるが、これに更に半歩を加えるなら、明治四一年四月の『文章世界』の談話『坑夫』に関する方法を漱石は『倫敦塔』においてすでに実践していたと言えるのである。漱石は次のように語る。

> 事件中の一箇の真相、例へばBならBに低徊した趣味を感ずる。従て書方も、Bといふ真相の原因結果は顧慮せずに、甲、乙、丙の三真相が寄つてBを成してゐる、それが面白いと書く。
>
> （「『坑夫』の作為と自然派伝奇派の交渉」）

では〈「余」をたよりに迷路を行く〉(9) 小説、『倫敦塔』の真相Bにあたるものは何であろうが、言うまでもなく「あやしき女」である。すなわち小稿の文脈に引きつけて言えば、塔内の「余」（甲）と塔外の「余」（乙）という〈二真相〉が寄って「あやしい女」の真相（B）を照らし出しているのである。言い換えれば甲の「余」と乙の「余」の真相（＝内実）を明らかにすることによって「余」の塔体験の真相が浮上するのである。

　塔内の「余」と塔を出た「余」とは著しい対照性を次の点において示す。常態を取り戻した「余」は決して塔内で見たヴィジョンについて語ろうとしない。つまり自分が見た〈過去世〉を失念しており、それに対して塔内の「余」は、二〇世紀のものが見えないのである。これが『倫敦塔』のテクスト戦略である。「余」が子供連れの女を「あやしい」と思うのが塔内に限られていること、つまり常態を失っている時のみの言葉であることに注目しなくてはならない。しかも子供連れであれば普通は母子と見るべきであるのに、「余」はこの女をあくまで母親視していない。「余」が読めない題辞を「あやしき女」がすらすら読めることを不思議がるのは理解可能としても、三羽の鴉を「五羽居ます」と言った大した不思議でもないことや、鴉に餌をやりたがる子供に対して、鴉は餌を欲しがってなどいない、と母親が制するありふれた光景までも「彼は鴉の気分をわが事の如くに云ひ、三羽しか見えぬ鴉を五羽居ると断言する」のように過剰に意味付け怪しがるのは、「余」の異状を示すものと言わざるを得ない。さほど不思議がるにも及ばないことを不思議がる「余」はなぜ、生ま生ましい実在感をもって中世の〈地獄〉絵巻が見えることを少しも怪しと思わないのだろうか。つまり塔内において二〇世紀的現実感覚が失われている「余」には、現実から紛れ込んだものが「あやし」く見えてしまうという転倒こそが、「余」の常態喪失の真相なのである。この真相が見えにくいために、読者は、塔の〈怪〉を、「余」の言に従って、この「あやしき女」のみにいつの間にか限定してしまうのである。塔内における「余」のまなざしの異状は以下に述べる点に明確に示されている。

『倫敦塔』は〈コスチュームのテクスト〉と言い得る程に、中世のコスチュームの詳細な描写を特徴とする。「余」は「大僧正クランマー」や「ワイアット」や二王子や「ビーフ、イーター」や「ヲルター、ロリー」などの衣装について飽くことなく語る[10]。その唯一の例外が、子供連れの「あやしき女」である。なぜ「余」は「過去」の衣装についてあれ程詳細に描写しながら、この女と子供の服装については一言も語ろうとしないのだろうか。「余」が描くのはこの女の首から上だけなのである。

　希臘風の鼻と、珠を溶いた様にうるはしい目と、真白な頸筋を形づくる曲線のうねりとが少からず余の心を動かした。

もし「あやしき女」が「三・四百年前」の、貴人の服装を身に着けていたなら「余」がそれを詳かに語らないはずはない。この女が「あやし」い印象を読者に与えるとしたら、その理由は、ひとえに女の服装のイメージが無いからである。過去に取り込まれた「余」には二〇世紀のロンドンの婦人と子供の衣装が目に留まっていない、というのが前述した如く作者の戦略なのである。「余」にこの女が「あやし」く見えたことには二つの理由がある。先述したように、「余」自身が塔に侵され、「あやしい」存在になっていること、もう一つは「余」がこの女の容貌に〈少なからず心を動かされた〉ためである。要するに、「余」はこの女にたいして、「自己を投出（project）」（『文学論』第一章投出語法）しているにすぎない。酒井英行[11]が指摘したようにこの女は「余」と同じく、ロンドンに住む見物人の一人にすぎず、七才位の子供連れであることも、彼女が「ジエーン、グレー」とも、二王子の母エリザベスとも無関係[12]であることを暗示しているのである。女が、「ギルドフォード、ダッドレー」が書いた紋章や題辞を読み、並々ならぬ反応を示したのは、彼ら英国人にとって、「ジエーン、グレー」の運命が、常に伝統的哀傷を新たにさせる自国の歴史であるからに外ならない。

　塔内の「余」は過去世に取り込まれているため二〇世紀の女の服装が盲点となり、「無我夢中」で宿に帰った「余」はたちまち二〇世紀に取り込まれ、「常態を失」っている時に視たヴィジョンを忘れてしまっている。「余」が宿の主に語ったのは、壁の題辞や鴉など、現実に存在しているもののみに限定されており、女に関しても、塔内でのあやしさはすっかり希薄となり、単に「余」が読めなかった壁の文字をすらすら読んだことを「不思議そうに」語ったにすぎない。宿の主との問答の場面における「余」の失望は極端に矮小化されている。「余」が塔内で受けた最大の衝撃は「ジエーン、グレー」の顔が「あやしき女」そっくりであったことであるはずなのに。実はこの場面に起きていることは、「余」が〈塔〉を出て二〇世紀に戻ったために、壮麗な宮殿が、夜明けと共に廃墟と化す、といった事態なのである。

甲（塔内）の「余」と乙（塔外）の「余」の〈真相〉は、「あやしき女」（B）の〈真相〉、すなわち彼女が見物人の一人であることを明らかにし、同時に、塔内で起きた本当に「不思議」なことが「余」によって塔内に封印されてしまったことも判明する。

では「余」に忘れ難い印象を残すこの女が登場する意味はどこにあるのだろうか。「余」と読者に、現実と過去の中間項としての曖昧な印象を刻し、塔内のヴィジョンの残像とするためであろうか。そうではない。この女は目隠しをされた「ジエーン、グレー」の眼の代補として登場したのである。塔内で「余」が視た〈過去〉は、酒井英行が指摘するように「ジエーン、グレー」の「処刑に収斂するように組み立てられている」[13]。それなのにもっとも肝心な、今まさに処刑されんとする瞬間の「ジエーン、グレー」の眼は隠されてしまっている。眼を見ることができないとは表情がわからない、ということである。壮大な歴史劇の幕切れとしてまさに画龍点睛を欠くのである。最後の瞬間の「ジエーン、グレー」の表情を渇望する「余」は、ジエーンの顔に、この「あやしい女」の「珠を溶いた様にうるはしい目」を補填したのである。

> 女（ジエーン、グレー——注引用者）は白き手巾で目隠しをして両の手で首を載せる台を探す様な風情に見える。（略）台の前部に藁が散らしてあるのは流れる血を防ぐ要慎と見えた。背後の壁にもたれて二三人の女が泣き崩れて居る、侍女でゞもあらうか。（略）女は雪の如く白い服を着けて、肩にあまる金色の髪を時々雲の様に揺らす。ふと其顔を見ると驚いた。眼こそ見えね、眉の形、細き面、なよやかなる頸の辺りに至迄、先刻見た女其儘である。思はず馳け寄らうとしたが足が縮んで一歩も前へ出る事が出来ぬ。女は漸く首斬り台を探り当てゝ両の手をかける。唇がむつ〳〵と動く。最前男の子にダツドレーの紋章を説明した時と寸分違はぬ。（中略）女は稍落ち付いた調子で「吾夫が先なら追付う、後ならば誘ふて行かう。正しき神の国に、正しき道を踏んで行かう」と云ひ終つて落つるが如く首を台の上に投げかける。

コスチュームは見えるが表情が見えない「ジエーン、グレー」と、表情は見えるがコスチュームは見えない「あやしき女」とは、この瞬間一つのものとなって、「詩趣ある」乙女、「ジエーン、グレー」の像を明確に結ぶ。「眼こそ見えね……」は、「余」が「ジエーン、グレー」の隠された眼に、「あやしき女」の眼を補填していることを示す。「余」の英国史遍歴は、「余」の二十世紀ロンドンの美しい一婦人への恋着によって完結したのである。

「あやしき女」は、塔内の「余」と塔外に出た「余」とを媒介する。「宿世の夢の焼点」とは、この塔の女の〈珠を溶いた様な眼〉だったのであり、それは実は「ジエーン、グレー」の眼でもあったのである。

結語にかえて

漱石は『草枕』（一九〇六・明治三九）において、〈地獄〉ならぬ〈桃源境〉を舞台として、『倫敦塔』で試みた方法をさらに展開させている。二王子殺害や「ジエーン、グレー」処刑の場面は、「自然の女神がものを作り出して以来の最高傑作」[14]の殺戮という嗜虐的な詩美を、ディズニーランドのホーンテッドマンションのような、遠隔化を伴う空間構造によって可能にした。『草枕』の場合は、それが能舞台へと移し変えられる。しかし肝心なことは、やはり〈甲なる「余」の真相、乙なる「余」の真相、丙なる「余」の真相〉とが寄って、〈Bなる真相（那美さん）〉を照らし出す、という、テクストの心理的機構である。もう一人の「余」は、このプロセスの中で、塔の女が壁の文字を「誦した」時、その顔にたたえられていた〈過去への哀傷〉、すなわち〈憐れ〉を、二〇世紀に生きる〈長良の乙女〉那美さんの顔に探し求めることになるのである。

注

（1）『文学論』第五章原則の応用その他で、「Gothic 復活」の先駆としてのウォルポールにしばしば言及がある。
（2）井出弘之訳『オトラントの城』解説（『ゴシック叢書27』国書刊行会　一九八三・九）
（3）漱石は本間久四郎訳『名著新訳』に寄せた「序」にポーの想像力の特色を〈人情や性格に関する想像ではなく、事件の構造に対する想像〉であると述べているが、この言はからずも漱石自身の想像力を説明するものとなっている。
（4）『アッシャー家の崩壊』（河野一郎訳『ポオ全集I』東京創元新社　一九六九・一〇）
（5）田辺貞之助訳『死霊の恋　ポンペイ夜話　他二篇』（岩波文庫　一九八二・二）
（6）『漱石文学の端緒』（筑摩書房　一九九一・六）
（7）「やがて烟の如き幕が開いて空想の舞台がありありと見える。」「余はジエーンの名の前に立ち留つたぎり動かない。動かないと云ふより寧ろ動けない。空想の幕は既にあいて居る。」など。
（8）「「倫敦塔」の表現構造」（『静岡大学教育学部研究報告・人文社会科学篇』16　一九六六・三）
（9）『文学論』第四編第八章間隔論
（10）「ビーフ、イーター」の例を挙げる。「絹帽《シルクハット》を潰《つぶ》した様な帽子を被つて美術学校の生徒の様な服を纏ふて居る。太い袖の先を括つて腰の所を帯でしめて居る。服にも模様がある。模様は蝦夷人の着る半纏について居る様な頗る単純な直線を並べて角形に組み合はしたものに過ぎぬ。」
（11）「倫敦塔」（『国文学　解釈と鑑賞』一九八八・八）
（12）裕香文「エリザベスとジェーンという二つの像が重ね合わされている」「彼女自身の属性といった

ことは本質的問題ではない」（「倫敦塔」論―「怪しい女」が支える〈幻想〉―『國語と國文學』一九九五・四）と説くが、小稿はその〈属性〉が明らかにされることが『倫敦塔』の〈真相〉解明につながる重要なポイントであるとする立場である。

(13) 酒井英行前掲論文

(14) 松岡和子訳『リチャード三世』（『シェイクスピア全集7』岩波文庫　一九九九・四）

第二章

学問から小説へ

——『趣味の遺伝』の余——

一　はじめに——雑駁なる現実と〈小説〉と

『趣味の遺伝』は、語り手余が、ある人と待ち合わせのために出向いた停車場で、日露戦争から凱旋した将軍と兵士と、それを迎える群衆に遭遇し、一人の若い兵士と彼に寄り添う老母を見て、戦死した友人の浩さんを思い出す事を発端とする。一人の死者が「思い出」されることから物語は駆動し始めるのである。「思い出した」余は、以後、その記憶から片時も離れることはない。余は浩さんの記憶とともに動き回るのだ。常に〈浩さんの記憶と共にある〉ということが余という語り手の条件である。

漱石は『文学論』第四篇第八章間隔論に、読者と「作物」との間隔を短縮するために作者が採る方法として、「作家と作裏の一人とが同化せる場合即ち是なり」と述べていた。その好例として挙げられたのが「アイヴァンホー」の、ヒロイン「Rebecca」が、病に伏す「Ivanhoe」に「盾を翳して壁間より戦場を報告」する場面であった。漱石は「Rebecca は篇中の一人物ではあるが、「而して此に於る著者は Rebecca にあらずや」と「著者の用を弁ずる」作中人物の例として「Rebecca」の語りの機能を解説し「作家もし此法を用いるときは吾人と作家（即ち余と称するもの）とは直接に相対するが故に事々切實にして窓紗を隔てゝ庭砌を望むの遺憾なきを得るに近し」と述べる。続けて「写生文なるものは悉く此方法」であると規定し、それによって出現する世界について次のような、自作の自解とも取れる認識を披瀝している。「写生文にあつては描写せらるるものに満足なる興味の段落なきが故にもし中心とも目し得べき説話者（即ち余）を失へば一編の光景は忽ち支柱を失つて瓦解するに至るべし」。すなわち読者は「余をたよりに迷路を行くに過ぎず」、と。「アイヴァンホー」について言いうる事は『趣味の遺伝』にも言いうる。この「間隔論」を参照枠とするならば『趣味の遺伝』に付いて次のようなことが言えるだろう。「余をたよりに」A（駅）B（戦場）C（寂光院）と、低回的に進行する『趣味の遺伝』は紛れもなく写生文的小説であること、したがって、「満足なる興味の段落なき」「光景」を〈満足〉ならしめる〈支柱〉は余の語りに他ならないということである。(1)言い換えれば、雑駁なる現実を〈小説〉にしたのは他ならぬ余なのである。余の努力のすべてがそこに傾注されたことを『趣味の遺伝』は示している。つまり『趣味の遺伝』とは、後述するが、〈余の小説についての小説〉ということになる。その結果、あるいはそれ故に、余は〈現実〉に対して取捨選択と種々の操作をほどこさなくてはならなくなった。「一編の光景」を雑駁なる現実へと瓦解させないために、である。

余が語った遺伝の理論が没論理的なまやかしであることはすでに定説となった感がある。ではなぜそのようなまやかしをあえて余は語ったのか、その事実はどのような物語的必然に基づいているのか、の究明に関しては、興味深い先行研究も多々出されているが、未だ考察の余地は残されている。小稿の課題は、如上の前提に依りつつ余の語りのメカニズムを解明しようとするものである。

二　分身たち

まず兵士としての浩さんはどのように描かれたのか。浩さんは、余が駅頭で見かけた凱旋将軍の晴れがましさとは対照的に、徹頭徹尾地を這いずる惨めな姿として執拗に再現された。まだ浩さんを余が思い出す前、駅頭で老将軍に涙した余は、まだその感動の中に、親友の浩さんというファクターを入れていなかった。だからこそ「涼しい涙」を流すことができたのである。しかし「第三回旅順総攻撃」（一九〇四年一一月二六日から旅順攻略の一二月五日まで。浩さんは一一月二六日に戦死したと推定される）による浩さんの死を語る余は、浩さんを思い出す前の余とは異なり、浩さんの死を老将軍の作戦の拙劣さ、つまり人為による死であると暗示している。

五秒は十秒と変じ、十秒は二十、三十と重なつても誰一人の塹壕から向ふへ這ひ上る者はない。ない筈である。塹壕に飛び込んだ者は向へ渡す為めに飛び込んだのではない。死ぬ為めに飛び込んだのである。彼等の足が壕底に着くや否や穹窖より覘を定めて打ち出す機関砲は、杖を引いて竹垣の側面を走らす時の音がして瞬く間に彼等を射殺した。

殺されたものが這ひ上がれる筈がない。石を置いた沢庵の如く積み重なつて、人の眼に触れぬ坑内に横はる者に、向へ上がれと望むのは望むもの、無理である。

（二一　傍点引用者以下同様）

この「穹窖《きゆうこう》」とは、ロシア軍の、「六百米突以上」の高さに「絶壁の如くコンクリート若くはセメントにて固めたる台塁」（『新聞が語る明治史』明治三七年一一月二五日『読売』）のことである。この「穹窖」を攻略するためには「攻撃目標に対する攻撃通路」すなわち坑道を掘削しなければならなかった。乃木軍司令官の命によって明治三七年一一月一日以降、坑道掘削の工事が進められた。しかしロシア軍もその作業を極力妨害しようと、砲撃や散発的な攻撃を繰り返した。引用した場面はその時のロシア軍の攻撃の様を伝えている。この掘削工事を進めながらの地下戦は「其の惨絶酷烈なる点に至つては実に言語の限りにあらず、此世からの地獄ともいふべき惨苛の極みにして、敵も味方も退散の道なく穴中の爆裂に鏖殺の光景を呈す」「此の砲台の地中に於て其作業に従事しつつある者は、実に人の知らざる苦辛を嘗めつつあるを知るべし」（同前『新聞が語る明治史』）と報道されている。これが浩さんの戦闘の主なるものだったわけである。浩さんが戦死した「第三回旅順総攻撃」は、日露戦史の中でももっとも悲惨な戦闘を演じた事で知られる。(2)

一一月二六日未明から行われた「第三回総攻撃」は「何度となくくり返された突撃の試みは

すべて失敗、（ロシア軍の集中砲火をあびて）いたずらに死傷者の数をふやすばかり」で「全滅の危険さえあるものと判断」せざるを得ないような惨状であったことが記録されている。それというのも一一月二三日には「この時に当り、第三軍総攻撃の挙あるを聞きその時機の来るを喜び成功を望むの情甚だ切なり」という勅語が下った結果でもあった。(3) 乃木の率いる第三軍は、「第三回総攻撃」において「戦闘総員約六万四千名中、戦死者五〇五二名、戦傷者一一八八四名、計一六九三六名」(4)という大損害を受けて翌三八年一月に旅順を陥落させたのだった。

加藤陽子『それでも日本人は「戦争」を選んだ』(5)には、作戦参謀であった秋山真之から乃木へ宛てた次のような手紙が紹介されている。「旅順の攻略に四、五万の勇士を損するも、さほど大なる犠牲にはならず、彼我ともに国家存亡の関するところなればなり」。余は、このように明言して憚らない非情な国家意志のもとにあって、浩さんが日記に次のように書残していることを伝える。

「強い風だ。愈是から死にゝ行く。丸に中つて仆れる迄旗を振つて進む積りだ。御母さんは寒いだらう」(三)

浩さんは、この言葉の通り、真摯に勇敢にロシア軍の弾に倒れる刹那まで旗を振り続けたであろう。そして「手足」の動きを止められ、「眼が暗み」、「胴に穴が開き」、「血が通はなく」

なり、「脳味噌が潰れ」、「肩が飛び」、「身体が棒の様に鯱張つて」、「坑」の「底」で「冷たくなつ」(二)たのだった。余は、「国家」(公)と、その非情な思惑にいたぶられる他ない個人の運命を、このような提喩的詳細として執拗に語って已まない。そのためにこそ日露戦争中、もっとも悲惨な戦闘シーンが選ばれたのだ。(6) この死の具体相のすべてが、第二章劈頭の「浩さん！」の文脈のうちにあるものだ。

国家意志によって死地に追いやられ、遂に「冷たく」なった高潔な青年と余の関係は、『坊っちゃん』に変奏される。学校政治によって婚約者を奪われ郷里を追われる君子「うらなり君」と、彼にひたすらな愛慕を寄せる「俺」の関係構造を主軸とする『坊っちゃん』は、『趣味の遺伝』と互いに他を解明し合っている。またこれらの関係は、成り上がりの実業家に生活を攪乱されるしがない教師「苦沙弥」と「吾輩」とのそれとも密かな類縁をもっている。「余」「俺」「吾輩」は、ともに主人公であり、それと同時にそれぞれ「浩さん」「うらなり君」「苦沙弥」を愛してやまない分身である。なぜこのような主人公（語り手）がかくも必要とされたのか。この問いを考えるには、ミハイル・バフチンの、〈「主人公」と作者〉との関係に関する次のような論述が参考になる。バフチンはオイディプスを例に採りつつ述べる。

　自分自身の内部からは彼は、言葉の厳密に美学的な意味で、悲劇的ではない。苦難する者自身の内側から対象として体験される苦難は、当人にとって悲劇的ではない。生はみずからを悲劇として表現し、内側から形づくることはできない。（略）生を体験する心の外に出て、その外側に確固とした位置を占め、その心を外的に意義ある肉体へと能動的に具象化し、対象を志向するその心にとって外在的な価値（環境としての背景、状況）でその心を取り囲むかぎりでのみ、その生は私にとって悲劇的な光輝に包まれ、喜劇的な表情を帯び、美しくまた崇高なものとなる。

（『作者と主人公』[7]）

「苦難する者自身の内側から対象として体験される苦難は、当人にとって悲劇的ではない」なぜなら「生は（すなわち当人は――引用者注）自らを悲劇として」「内側から形づくることはできない」からだ。当人はただ懸命に生きているだけだ。「生を体験する心」、つまり浩さん、坊っちゃん、苦沙弥の「心の外」に出て、「その外側に確固とした位置を占め」「外在的な価値でその心を取り囲み」、その生を「悲劇的な光輝に包まれ、喜劇的な表情を帯び、美しくまた崇高なもの」たらしめる役割、機能、それが「余」、「俺」、「吾輩」という分身たち（語り手）なのである。彼等は、読者と物語世界とを媒介する「等質物語世界」（ジェラール・ジュネット『物語のディスクール』）の語り手であることにとどまってはいない。『趣味の遺伝』の基底にあるのは、余の浩さんへの愛惜の情である。これら匿名の語り手たちは、近代天皇制国家の権力によって理不尽に追われ駆り立てられていった、これらの愛すべき青年たちを「崇高なもの」たらしめるために、またその〈憐れ〉を語るためにその身を捧げるのである。「どうも浩さんの事が気に掛かつてならない。何等かの手段で親友を弔ってやらねばならん」と。『趣味の遺伝』は、したがって余が余の方法をもって〈死者を弔う〉物語、換言すれば「上がつて来ない」浩さんを〈坑から解放〉する物語である。

三　反復する〈事件〉

〈浩さんの記憶を身に帯びる〉とは、とりもなおさず余が浩さんを見つめる意識そのものと化すことである。言い換えれば浩さんの意識が余に混入し、浩さんと余の内的な対話化が成立しているのだ。余は、通常の語り手の機能を遥かに凌駕して死者と現世とを媒介する機能を持つ。その結果余は、到底知りうる筈のない、浩さんが戦死する時の状況をあたかも旅順に居合わせていたかの如くに仔細に脳裏に再現し得るのである。身体の持つ限界性はこのテクストではやすやすと踏み越えられている。死者である浩さんが物語の起源にあることによって、そして余が浩さんを見つめる意識そのものと化すことによって、このテクストは身体に宿命付けられた制約を乗り越えようとする小説的ベクトルを持つことになったからである。

こうした尋常ならざる語り手余は、どこか外部にいる感が強く、人がこの現実で強いられる関係性とそれに付随する当事者性から自由であり、それらを俯瞰する位置にある感を否めない。その点で余は浩さんと存在論的に相補う人物なのである。なぜなら浩さんは戦場で闘った兵士であり、未了の恋の主でもあり、老母の一人息子という哀切な関係性にある。つまり生前の浩さんは濃密に時代の現実と関わっていた。それに対して余は、戦争とも恋とも家族関係とも無縁である、ただ浩さんの親友であること以外には。「学者」という職業は、このテクストでは、余の〈外部性〉を担保するものでしかない。このような余が、停車場で浩さんを思い出して後、空洞が中身を求める様に、死んだ浩さんの記憶で一杯になってしまうのは自然なことと言えよう。こう考えれば、もはや浩さんの身体の消滅は消滅ではないことになる。死者が生者に取り憑いたのだからこの小説の主人公は浩さんであるとも言える。

余が「親友を弔う」ためにまず訪れたのは浩さんが眠る寂光院である。寂光院は、戦場とは打って変わって、静けさと「百年位前」あるいは先祖代々という歴史が支配する場所である。浩さんの、〈生から死への飛躍〉は、烈風と砂塵の戦場へと姿を変えた〈近代国家〉から、「閑寂」な、歴史的過去を秘めた寂光院へ、つまりご先祖たちの事績が語り継がれる〈旧世界〉へという舞台装置の転換として語られるのだ。凱旋の将軍や、生還した兵士は、駅頭に「ワーと云ふ歓迎の声」で迎えられるけれど、「塹壕へ飛び込んだ切り上がつて来ない」浩さんを「迎に出たものはない」。つまり国家は生きている者たちだけの世界である、と余は語っている。誰にも迎えられることのない死者の無念がしっかりと受け止められ癒される舞台となったのが寂光院という旧世界だった。前述の如く余は、浩さんから分泌されたもう一人の浩さんでもあり、その使命は浩さんの、いわば遺言執行人である。その使命の為に、余は浩さんの人生をたどり直すのである。浩さんは死して余を操る。余が浩さんの墓で美女と出逢う次の場面はまさしく、浩さんが戦場で幾度も夢に見ることになる女性と出会った「郵便局」事件の衝撃を反復するものと言えよう。

女は、化銀杏の下で、行きかけた体を斜めに捩つて此方を見上げて居る。銀杏は風なきに猶ひら〳〵と女の髪の上、袖の上、帯の上へ舞ひさがる。時刻は一時か一時半頃である。丁度去年の冬浩さんが大風の中を旗を持つて散兵壕から飛び出した時である。空は研ぎ上げた剣を懸けつらねた如く澄んで居る。（三）

〈浩さんが死んだまさに同じ時刻〉に、余は浩さんの墓に詣でる美女と出会ったのである。「焼け付く様な印象」を心に刻印しながらその美女のことを何も知ることが出来ぬままに〈穴に飛び込んだきり出て来ない〉浩さんと同じく、美女との出逢いに衝撃を受けた余は、浩さんが果せなかったその衝撃の続きを生きようとするかのようだ。幾度もくり返される、〈（浩さんが）穴から上がって来ない〉という表現は、もう動かない浩さんを強調することによって逆に〈生きて動くべき浩さん〉を読者に強く知覚させる。

浩さんは去年の十一月塹壕に飛び込んだぎり、今日迄上がつて来ない。河上家代々の墓を杖で敲いても、手で揺り動かしても浩さんは矢張塹壕の底に寐て居るだらう。（略）だから浩さんはあの女の素性も名前も聞く必要もあるまい。浩さんが聞く必要もないものを余が探求する必要は猶更ない。いや是はいかぬ。かう云ふ論理ではあの女の身元を調べてはならんと云ふ事になる。然し其は間違つて居る。何故？何故は追つて考へてから説明するとして、只今の場合是非共聞き糺さなくてはならん。何でも蚊でも聞かないと気が済まん。（二）

「女の身元を調べ」ないのは、何故だか解らないが余に「間違つて居る」ことなのだと感じさせる。余は「何でも蚊でも」走り出さなくてはならない。それが余という語り手の宿命である。浩さんを見つめる意識そのものである余は、先述したように「壕の底」の死者を、生の領域に解き放とうとする。余のすべての行為、すべての言葉はそれが成就されたことを証明するために捧げられたのである。それを可能にしたメカニズムに眼を向けなければならない。

四　〈騙り的語り〉と過去世

余が〈趣味の遺伝〉の不思議を解明するための手懸りとしたのは浩さんの日記の次の部分である。

「死んだら（略）誰か来て墓参りをして呉れるだらう。さうして白い小さい菊でもあげてくれるだらう」と書き残された日記の「誰か」を浩さんが「郵便局」の女性と想定していたかどうかは判らない。不特定な「誰か」（例えば母）と考えるのが常識であろう。けれどそうであれば良いのに、という死の間際の浩さんの密やかな願いを「誰か」の二文字に看取することは出来る。そして余は、寂光院でまさに浩さんのその願いが「実現されていた」ことを目の当たりにして深い感動に襲われる。その上「御母さんが浩さんの日記を出して見せた」時の「それだから私は御寺参りをして居りました」という小野田の令嬢の言葉から、まさに二代前の恋が浩さんと小野田の令嬢の上に反復されたことが明らかになり、「父母未生以前に受けた記憶と情緒が、長い時間を隔てて脳中に再現」したドラマティックな事件だったということになった。

しかし先述したようにそれが実証されているわけではない。(8) なぜなら余は、初めからこのロマンティックな小説的アイディアに飛びつき、他の可能性や常識的判断を一心に排除しようとしているからだ。先行研究が指摘しているとおり「郵便局の女」が、小野田の令嬢と同一人物であったかどうかは不明であり、さらに、「郵便局の女」が、その時浩さんと同様の衝撃を受けたかどうかも判らない、とひとまず常識的に考えてみよう。浩さんの日記を読んだ令嬢の「それだからわたしは」の「それだから」は、どこまで余の論理を浩さんと小野田の令嬢の関係に当てはめることができるのかを曖昧にしている表現である。

郵便局の出来事と、令嬢が浩さんの墓参をしていたこととは別の次元のことで、事実は二人、の女性が存在するのではないのだろうか。以前『倫敦塔』について書く機会があったとき、語り手「余」が塔で見かけた女の正体は、歴史的事件のヒロイン、ジェーン・グレイの化身などではなく、倫敦塔の歴史を知悉した二〇世紀の見物人に過ぎないと考えた。その際、塔内の他の歴史上の人物の衣装については饒舌に語りながら、その女の衣装についてのみ全く語ろうとしない「余」の不可思議な身ぶりが手懸りとなったのだが[9]、その推論から明らかになったのは、英国人のような厚みとニュアンスをもって血腥い倫敦塔の歴史を知ることが絶対に不可能な語り手「余」の〈外部性、異邦人性〉、言い換えれば異文化の対立であった。『趣味の遺伝』の男女の関係も、『倫敦塔』と同様に、語り手余が知り得ない、ある歴史的空気を介在させることによってその事実が見えてくるのではないだろうか。

　余は、同僚の紹介で、浩さんの祖先の事歴を探るべく浩さんと同藩の紀州藩の元家老であったという老人を訪問し、浩さんの祖父の代の男女の哀話を聞き出し、自説の〈趣味の遺伝〉が立証されたことを喜ぶ。しかし余が自説の証明として具体的に最重要視したことは、浩さんと小野田の令嬢に面識があったのかなかったのか、ということのみなのである。余は、老人が「せがれは五六歳のときに見たぎりで」「屋敷へ出入する機会もそれぎり絶えて仕舞ふて、—其後は頓と逢ふた事が在りません」という言葉を決め手として、ロミオとジュリエットのように、二人は運命的に郵便局で邂逅し、その場で互いをそれと認知し、それきり逢う事がなかったにもかかわらず、娘はあたかも浩さんの日記を読んでいたかのように浩さんの戦死を知り、寂光院の墓に詣でていた、というストーリーを捏造する。これがはなはだ細部の説明を省いた不明瞭かつ強引な推論である事はいうまでもない。

余が足を踏み入れた世界は、主従の関係がまだ脈々と生きている、濃密な人間関係が張り巡らされた〈紀州藩〉（近代国家建設の中心たる薩長ではない）という旧世界、つまり特有の空気に生きる〈顔の見える〉社会である。そして余がその世界の部外者である事の意味は大きい。余にはこの環境の空気が全く読めない。『倫敦塔』の「余」が、塔で出逢った美しい女性がロンドン塔に抱いている英国人共通の感慨やイメージを共有できない〈異文化の人〉であることと同工である。だから『倫敦塔』の「余」には、英国人にとっては少しも珍しいことではないその女性の振舞いが「不思議」で仕方がなかったのであり、ジェーン・グレイの化身のように錯覚したのであった。余が浩さんの墓に詣でる女を「不思議」と見たのと同様に。

今田洋三「江戸の災害情報」（『江戸町人の研究』五、吉川弘文館）によれば、旧時代の庶民レベルでは情報伝達には、「オーラルコミュニケーション、パーソナルコミュニケーションの形態」が採られる、未だ〈閉じられた情報空間〉であった。[10] 浩さんも老母も、旧時代の名残を留めるこの世界の住人だったのであり、それこそ余が知り得ない浩さんのもう一つの顔であった。穴に飛び込んだ切りの浩さんの遺志が落ち着いた先は、この古い文化環境だったのである。この紀州藩の元家老とその周辺が、そうした旧世界の倫理が濃密に息づいている旧情報空間だったのであれば、浩さんの祖父の世代の哀話も、密かに語り継がれ知られていたであろうし、独身のまま老母を遺して戦死した同藩にゆかりの青年、浩さんの事も、当然哀れ深く知られていたであろう。まず第一に浩さんが、自分にもしものことがあった場合、たった一人遺される老母のことを、旧藩の旧知の誰かに頼んでおかなかったとは考えにくい。前掲の大江志乃夫『兵士たちの日露戦争　五〇〇通の軍事郵便から』には郷土の知人や親類に留守宅を頼む旨の兵士たちの手紙が多数紹介されている。[11] 小野田の令嬢と日常的に交流のある老人は、浩さんの祖父もよく知っており、浩さんの戦死をも知っていたのであるから、たとえ浩さんと令嬢が互いに面識がなかったとしても、令嬢がこの老人や周辺の同藩の誰かから、自分の家と因縁浅からぬ浩さんの死を知り、浩さんを悼み墓参していたとしても少しの不思議もない。だが〈紀州藩の異邦人〉たる余にあっては、二人に面識がない、と云うことが「寂光院の不思議」を説明しうる遺伝現象と結び付けることを可能にしたのだった。

　ところでこの小説の核心には、〈寂光院事件〉ならぬ、〈郵便局事件〉がある。この事件は、浩さんにとっては事件であったが、それが当の小野田の令嬢なのかどうか、さらにその女性が浩さん同様に一目見た浩さんに〈焼けつくような印象〉を持った事件なのかどうかは語られていない。余もそれを明らかに知る事はできない。だから「元来寂光院が此の女なのか、或はあれは全く別物で、浩さんの郵便局で逢ったというのは外の女なのか、是が疑問である」、その「疑問」は、戸松泉が指摘するように小説内では最後まで解き明かされないのである。令嬢の「それだから私は墓参をしていました」という言葉は先にも触れたようにどのような謎も解明していない。この言葉は一人息子を亡くした老母への令嬢の心遣いではないのだろうか。そうであれば令嬢と余には意識されざる共犯関係が成り立っている。故意に曖昧にしたのでなければ、遺伝の研究で学界に貢献しようと言っている余が、令嬢にこの事件全体の核心部分について確認しようとしない筈がない。こう考える時、語り手余の思惑が明らかになる。

余は〈趣味の遺伝〉を実証しようとしたのではなく、〈趣味の遺伝〉がトリックであることを隠蔽したのである。しかも隠蔽したと、わざわざ読み手にパフォーマンスしているのである。まず余は令嬢に、郵便局で浩さんに会ったことがあるかどうかを確かめない。二番目に、令嬢が何時どのようにして浩さんの死を知ったのかを確かめない。余の説はこのもっとも肝心な二点の究明を回避することによって危うく成立している。つまり浩さんの〈遺言執行人〉たる余は、〈郵便局事件〉を「小説的要素を加味して」強引に〈寂光院事件〉に接続させ、死にゆく浩さんの想いの実現が、根の深い因果の必然であることを浩さんのために切に願ったのだ。しかしこうした余の振舞いに着目するならば、逆に〈郵便局の女〉と〈寂光院の女〉とはおそらく別人であろうという公算がますます大きくなってくる。余は二人が別人である事を勘づいている。

新橋で軍隊の歓迎を見て、其感慨から浩さんの事を追想して、夫から寂光院の不可思議な現象に逢つて其現象が学問上から考へて相当の説明がつくと云ふ道行きが読者の心に合点出来れば此一篇の主意は済んだのである。（略）余一人から云へば既に学問上の好奇心を満足せしめたる今日、これ以上立ち入つてくだらぬ詮議をする必要は認めて居らん。

（三　傍線引用者）

余は、この仮説を覆す怖れのある現実については〈立ち入って下らぬ詮議をする必要がない〉と、切り捨てる。いわば読者に立ち入るな、と警告している。それはとりも直さず、余自身がこの理論がでっち上げであることを自覚している証左となる。だから「不思議」が不思議でなくなる前に、急ぎ足で余は語りを終える。「ここまで書いて来たらもういやになつた」「元来寂光院事件の説明が此篇の骨子だから、漸くの事ここ迄筆が運んで来て、もういいと安心したら、急にがつかりして書き続ける元気がなくなつた」と。こうして余の語りそのものが、余自身が主張する遺伝説や因果の理を裏切ってしまうのだ。

因と果は逆である。老母を遺して戦死した同藩の青年の心情を思いやる少女の優しさが起源（因）となって、事後的に、その結果として浩さんの願いも老母の願いも叶えられたのだった。そして浩さんの〈未了の恋〉のために、余はそれに「小説的分子を五分許り加味」（三）しないではいられなかったのだ。正確に言えば、小説的思いつきに、遺伝説という「五分ばかり」の学理的事実らしさを「加味」したわけである。だから小説の大尾は「博士は何も知らぬらしい」の代わりに「郵便局事件の謎は判らぬままである」でも良かった筈だ。〈坑に飛び込んだ切り〉未来を理不尽に閉ざされてしまった浩さんはこうして、無を有とする余の〈騙り的語り〉によって生かされ、〈過去世〉にその生命の根を遡らせることができたのだった。そして余は、浩さんの思いを叶えようと願った自分の声が「読者」に届いてほしいと目配せしているのである。

五　理論と小説と――再び傍観者へ

　肝心な事を語らずに済ませようとする余が語らなかったもう一つの重要な事実を思い起こさなくてはならない。言うまでもない事ながら、〈郵便局事件〉は確かに浩さんのものだが〈寂光院事件〉は紛れもなく余の事件である。この時受けた余の衝撃は尋常ではない。

○余が此年になる迄に見た女の数は夥しいものである。往来の中、電車の上、公園の内、音楽会、劇場、縁日、随分見たと云つて宜しい。然し此時程驚ろいた事はない。此時程美しいと思つた事はない。余は浩さんの事も忘れ、墓詣りに来た事も忘れ、極りが悪るいと云ふ事さへ忘れて白い顔と白いハンケチ許り眺めて居た。（二）

○女も俯向いた儘歩を移して石段の下で逃げる様に余の袖の傍を擦りぬける。ヘリオ

トロープらしい香りがぷんとする。香が高いので、小春日に照りつけられた袷羽織の脊中からしみ込んだ様な気がした。（同）

出逢ったその瞬間に、「浩さんの事も忘れて」余は明らかにこの女性に恋着したのだ。『倫敦塔』の「余」がジェーン・グレイに似た塔見物の女性に一目で惹きつけられたように。[12] この後、余は「マクベス」を例証しつつ「諷語」などの文芸理論を長々と開陳して自分が受けた感動の客観的説明に努めるのだが、この部分は余りにも長過ぎる。ここで何が起っているのであろうか。この長たらしい饒舌には一体何の意味が、と思わせるものがある。それはまさしく隠蔽のための饒舌にほかならない。〈隠蔽のための饒舌〉こそがこのテクストの基本戦略である。

「諷語」の理論を読み手に語っている間に、余はひそかに主観の操作を行っている。余が受けた衝撃の大きさは、傍観者的な余が現実社会の中で、この女性との間に強い当事者的緊張関係が生じたかも知れない事態だったことを明かしている。しかし余は「銀杏の精」のような美女から受けた衝撃（主観）を客観化・一般化するためのあらゆる知見を動員して、恋の当事者としての自分をさりげなく封印し、自分の身に起きた〈寂光院事件〉を浩さんの〈郵便局事件〉に接続してしまうのだ。長々しい文学理論は、一瞬〈浩さんを忘れた余〉が、〈浩さんのために走り回る余〉を無傷で取り戻すために必要な時間でもあった。この時間を経て、余は寂光院の美女と浩さんとの結びつきを語り始めるのだ。「全体何者だらう。（略）浩さんは去年の十一月塹壕に飛び込んだぎり、今日迄上がって来ない（略）こんな美人が、こんな美しい花を提げて御詣りに来るのも知らずに寝て居るだらう」（二）と。〈寂光院事件〉を〈郵便局事件〉に繋げることで何が起ったのか。余が主人公となるべき〈小説〉が抹殺され、浩さんのための〈趣味の遺伝小説〉が創られたのである。余は、自分の身に起きた事件から当事者性を引き抜くことによって浩さんを前景化し、浩さんの〈小説〉が創られるための契機とした。まさしく読み手は、余のこの使嗾に従って、余と〈寂光院の女〉との関係を忘れるのだ。

この経緯を以下のように概括することができる。まず、余と浩さんとの双方に一目惚れの衝撃が体験されていた。そして重要なのは、余が衝撃を受けた理由については文学理論「諷語」の詳細によって、何等の神秘も不可思議な要素も入りこむ余地のないほどに客観的に読み手に説明されたのに対して、浩さんの恋の衝撃には、いささかの論理性も実証性も持ち得ない神秘な遺伝説が動員されたことである。二つの恋は二通りに語られたのだ。当然のことながら、遺伝説は時間を主軸とする思考形態であり、「諷語」の理論は空間的な対照関係に依拠しており時間軸は無用である。余は、余の学問によって捉えた〈寂光院事件〉を浩さんの〈郵便局事件〉に強引に接続し、改めて時間を主軸とする神秘な小説的事件として浩さんのために語り直したのである。この〈理論〉から〈小説〉への言語的操作こそが、余がなし得た最大の、浩さんへの友情の証であった。

浩さんの〈未了の恋〉を成就させ、老母を小野田の令嬢に引き合わせ、役割を終えた浩さんの分身たる余は、次の様に当事者性を一層希薄化して行く。

浩さんは塹壕へ飛び込んだきり上がつて来ない。誰も浩さんを迎に出たものはない。天下に浩さんの事を思つて居るものは此御母さんと此御嬢さん許りであらう。（三）

「天下に浩さんの事を思つているもの」の中に「浩さん！」と絶句し、「右の腕を繃帯で釣るして左の足が義足と変化しても帰りさへすれば構はん。構はんと云ふのに」（二）と哀切に訴える余はもう入っていないのだ。しかし余の危なっかしい小説作法をここまで辿って来た読者は、右の引用の傍点部分はおそらくは「御母さんと余許り」であったことを理解するだろう（小野田の令嬢は浩さんと面識が無いのであるから）。しかし「此御母さんと此御嬢さん許り」と断定することが、一心に「浩さんの事を思つている」余の使命であった。浩さんのための悼亡の句ならぬ〈悼亡の小説〉を創ることを志した余は、自身がこの光景から消えて行くことによって小説の完成を願ったからである。[13]

注

（1）福井慎二は『吾輩は猫である』『琴のそら音』『趣味の遺伝』などの初期写生文をタイプ別に分類

しそれらの構造が組み替えられて行くことを考察しているが、写生文における「大人が子供を見る態度」にこだわり過ぎる感がある。
（2）旅順攻略の経緯については斎藤恵子「『趣味の遺伝』の世界」（『比較文学研究』二四　一九七三・九）に詳述されている。
（3）大江志乃夫『兵士たちの日露戦争　五〇〇通の軍事郵便から』（『朝日選書』349　一九八八・三）に「（略）この時に当り、第三軍総攻撃の挙あるを聞き。その時機の来るを喜び成功を望むの情甚だ切なり爾等将卒夫れ自愛努力せよ」と発令された勅語が「天皇じきじきの命令という重みを持っていた」と述べている。
（4）桑田忠親・山岡荘八監修『日本の戦史10　日露戦争（上）』（徳間書店　昭和四一・四）の統計による。
（5）朝日出版社　二〇〇九・七
（6）堀井一摩「〈銃後〉の戦争表象―夏目漱石「趣味の遺伝」―」（『社会文学』第32号　特集日露戦争と文学　二〇一〇）に「浩一は旅順攻囲戦の中でも特に激しくそして無謀な突撃戦のなかで命を落としたことになる」という指摘がある。
（7）『ミハイル・バフチン著作集2』斎藤俊雄・佐々木寛訳　新時代社　一九八四・一二
（8）「もう一人の当事者である謎の女から語られなければ、一編の小説としても不備」（大岡昇平「漱石と国家意識―「趣味の遺伝」をめぐって―」『小説家夏目漱石』筑摩書房　一九八八・五）、「その「説明」に納得する読者はおそらくいないに相違ない」（竹盛天雄「『趣味の遺伝』―「諷語」の仕掛け」『漱石　文学の端緒』筑摩書房　一九九一・六）、「彼の「事実」収集における視点がきわめて恣意的であり、彼の言う理論にも論理的裏付けが明記されていない」（一柳廣孝「「理科」と漱石―「趣味の遺伝」から」『国文学　夏目漱石　時代のコードの中で』一九九七・五）、「〈余〉はすでに結果の分かっていることに対して、それがあたかも何かの理論に従って展開されているかのように〈趣味の遺伝〉理論を後付けしているとすら思える」（神田祥子『日本近代文学』76集　二〇〇七・五）、「「余」は、「浩さん」が夢にまで見た女性が誰かを明らかにしないままに、「物語」の完成を言語の世界でのみ果たしていった」（戸松泉「「小説家小説」としての「趣味の遺伝」」『文学』二〇〇八・九、一〇）など。

(9) 本書第一章「ジエーン、グレーの眼―『倫敦塔』―」

(10)「前近代の江戸住民間における情報は「人から人に順次伝達されていく非制度的かつ連続的コミュニケーションの過程」に登場したのである」（西山松之助編　昭和五三・一二）と述べている。

(11)「申しかね候えども留守中はよろしく願いあげたてまつり候」「なにぶん留守中は万事お引立てのほど、ひとえに御依頼申しあげ候」など、留守宅を案ずる手紙は多い。

(12) 余の寂光院の女への恋に着目した論考に、谷口基「「趣味の遺伝」試論―もうひとつの〈未了の恋〉―」（『立教大学日本文学』第六四号　平成二・七）、吾俊永「『趣味の遺伝』論―「学問」に隠された「余」のエゴイズム」（『日本語と日本文学』第30号　二〇〇〇・三）、石原千秋「この名作を知っていますか―第五回進化論を越えて―夏目漱石「趣味の遺伝」」（『文蔵』四二　二〇〇九・三）などがある。谷口論文は「語られることのなかった「寂光院の女」と「余」とのロマンスの行方」を考察し、吾論文は「友人への裏切りという現実を乗り越えることができなかった」「余」を析出。石原千秋は「「余」が親友だった浩さんの思いを「模倣」」した、と述べる。しかしいずれの論も〈寂光院の女〉と〈郵便局の女〉が同一人物であるとの前提に立って実体的な三角関係を想定している。検討したとおり、小説のベクトルは〈寂光院の女〉と〈郵便局の女〉が別人であると示唆しているのであり、余の〈主観の操作〉もあくまで言語の水準のものである。

(13) 近年では、太田修司「「愛と終末」―「趣味の遺伝」論」(『成蹊大学文学部紀要』三〇　一九九五)「この文章は実質的に「悼亡の句」の代りであると言ってもよいかも知れない」、倉口徳光「〈戦死者報道〉としての『趣味の遺伝』」(『芸文研究』96　二〇〇九)「二以降の「余」の行動は、「浩さん」への弔いという意味を持っていると言える」、戸松泉前掲論文は「「浩さん」への「余」の鎮魂歌」であった」という見解を示す。戸松論文は、余の浩さんへの痛切な思いに焦点化し、余の知り得ない〈紀州藩〉に着目するなど緻密な論理展開を示すが、寂光院事件がまぎれもなく〈余の事件〉であること、すなわち余と〈寂光院の女〉との関係への視点を欠くために余が浩さんになし得たことの全貌が見えて来ないことが惜しまれる。

第二章　天皇の国の貴公子

——『坊っちゃん』の〈声〉——

一　はじめに――〈私〉性の表象

「是でも歴然とした姓もあり名もあるんだ」（十一）とは言いながら「坊っちゃん」と呼ばれた人物は、この小説の中では遂にその実名が明かされることのない、匿名の人物である。[1] そして清以外の人物では堀田、古賀など実名はあるものの「坊っちゃん」の語りの中では全て〈渾名〉でしか登場しないのだから『坊っちゃん』はやはり匿名性が偏重されている小説である。『坊っちゃん』が、匿名の人物による一人称独白体というスタイルであることがこのテクストの内容に、ある制約と方向付けを与えていると考えることができる。そしてこの匿名の主人公が「御墓の中で坊つちやんの来るのを楽しみに待つて居ります」という死者の言葉を引用することによって、その生涯にわたって、清という死者に呪縛され続ける運命にあることを結末で明らかにしている点や、物語る語り手の目的が、結局のところ、この死者との一体感によって生きた時の記憶をたどることにある点、『心』の後半部との類縁性を示す要素を多く持つ。

主人公のアイデンティティの根拠である〈家〉の崩壊、愛する清との死別、すべての知友との決別そして「御覧の通りの始末である。（略）只懲役に行かないで生きて居る許りである」（二）という、語りの現在における主人公の状況認識に着目したとき、この小説は、そのパフォーマティブな見かけに反して不吉とさえ言える消滅と衰退の相を湛えていると言わざるを得ない。それは固有名の抹消と関わる問題である。この事実をまず前提としたい。小稿は、コロニアリズム、(2)差別(3)など、「坊っちゃん」像を無媒介に体制的発想と同致させる近年の論への批判をも含めつつ、「坊っちゃん」の〈私〉性を構造的に捉えようとする試みである。

二　坊っちゃんの〈家〉

清が、父親から勘当されそうになった「坊っちゃん」の取りなし役として初めて登場することの意味は大きい。つまり「坊っちゃん」に〈家〉、つまり親族関係からの追放が迫った時、これをつなぎ止める役割をかって出たのが清だったわけで、このエピソードは、清が、登場と同時にすでに「下女」の役割を大きく逸脱して〈家〉に関わる重要なファクターであることを示している。次に清は、相続問題にコミットしている。「あなたがもう少し年をとって入らっしやれば、こゝが御相続が出来ますものを」と。これを、嫡男相続を規範とする民法に清が無知であったとのみ解釈するのでは一面的に過ぎよう。清はまたも〈家〉に関わる重要人物であることを自ら明らかにし、「坊っちゃん」こそが家の正統を継ぐものであると主張したのである。清のこの宣言は、「坊っちゃん」への偏愛にのみ帰すべき問題ではない。清のこの意識は、実は父の密かな願望であったことを推測させる文脈が周到に容易されている。清は代理母として、「坊っちゃん」こそが家の正統の嫡子であると密かに看做している父の意志を図らずも言挙げしたまでだ。親族関係に関する「坊っちゃん」の言葉を子細に見れば、父と「坊っちゃん」が強い絆を持つことが明らかとなる[4]。

勘当するとまで怒られてもなお父に馴れやすさを感じていること（一）、「依怙贔屓はせぬ男」（同）という父の人格への最大級の評価、そして父の死に際して「一週間ばかり」（十）も眠らないほどの献身的看護、いずれも「坊っちゃん」の父への深い愛情を示すものである。また「あなたは眼が大きいから役者になると屹度似合ひますと清がよく云つた位だ」（六）という、「坊っちゃん」の容貌への言及は、「おやじが大きな眼をして二階から飛び降りて腰を抜かす奴があるかと云つた」（二）という、父の眼を語る言葉と呼応しており、「無鉄砲」な性格のみならず、容貌も〈父親譲り〉であることが強調される。これらの事実と清の登場の仕方は、家の正統性が、母亡き後、（父）実母—長男のラインから（父）代理母—次男のラインへと移行したことを示している。つまり、清の存在は、主人公との私的な関係に止まるのではなく、〈家〉の継承の問題と不可分なのである。「坊っちゃん」自身も〈家〉の系図にプライドをもつ人間である事は「系図が見たけりや、多田満仲以来の先祖を一人残らず拝ましてやらあ。」（十二）などの言葉が示すとおりである。このような家意識は、英語を学び、父の死後迷う事なく家をたたみ実業家を目指して出郷して行った近代人たる兄には全く相応しくない心性である。そして父の死後、兄との別れの後、「坊っちゃん」が、家の実質的な当主であった事を証する決定的な事実は、小説末尾の「だから清の墓は小日向の養源寺にある」という報知、すなわち

「坊っちゃん」が家の祭祀権の所有者であることだ。

神島二郎は、日本の近代における〈家〉意識の変容について次のように説明している。[5] まず神島は、日本の近代化は、〈一系型大家族〉[6] の中に地位や職を得られず、絶えまなく都市へ流入した独身者に拠る〈独身者主義〉的解放であったと言う。明治の立身出世は、これら独身者たちの浮動化による、事実上の個人を媒介にした「家」の創造であったが、このような独身者的解放の所産として出てくる社会の発展は、意外に過去の大家族制の精神的遺産に強く依存し、かつこれを食いつぶし風化させて発展する、と。つまり実体としては崩壊しつつあるが故に、〈一系型大家族〉は理念化されイデオロギーとなり、大家族から出郷して行った独身者達に学閥、郷党閥などに拠る「第二のムラ」を形成させ、このムラ的秩序が「国民大に[7]」拡大されてゆくわけである。この高名な説に準拠すると『坊っちゃん』の登場人物たちは、兄を始めとして赤シャツ、野田、山嵐など、まさに神島のいう、近代日本の新中間層、すなわち一系型大家族の崩壊過程によって生み出され、浮動しつつ（「渡りもの」（八））「第二のムラ」を形成し、さらにこれを媒体としてなし崩しに《自然村的秩序》を風化させる独身者の群れであることがわかる。明治四三年一月一日から『読売新聞』に連載された藤村の『家』は、まさしく、ヒロインお種が象徴する一系型大家族の崩壊過程と、その実質的な崩壊を培養基として理念化された家を、明治が生んだ新しい中間層が維持継承してゆくという、神島が分析した近代日本の家意識の変容を、末弟三吉の半生を通して視野に収めた傑作である。

藤村の『家』が新聞紙上を飾る三年前、明治四〇年二月、家族国家論鼓吹の為の、その名も『家』と言う著作が台湾総督府事務官、図師庄一郎によって著された。(8) この著作は、農商務大臣松岡康毅題字、大隈重信による序文という物々しい粉飾を凝らして世に出た。明治政府は、崩壊の一途をたどる〈一系型大家族〉を、現実問題としては放置しつつ、その〈家〉を理念として観念として、民衆に護持させようと訓育にこれ努めたのだが、大隈の序文はその国家意志を代弁するものである。また此の序文は、この国家意志を座標軸としたとき、図らずも『坊っちゃん』の基本構造をも明らかにする。「日本の家族制度は（略）之れか起源を究むるときは三千年来連綿一系の皇室と之を補佐せし幾多の氏族とを要素として此特殊の発達を為したるものの如し」「憂れふへきは近頃ハイカラ文学の流行は絶対の個人主義自由恋愛説を主張し今日まで健全に無疵に発達せる社会組織を根本より破壊し之を三四千年前の原始時代に復旧せしめんとするの傾向あること之なり」「個人主義の極端は家を無視し自由恋愛の公許は雑婚に帰す」「然るに此際家なる観念を鼓吹して立国の本旨を発揮し家政家道の真髄を披瀝して時弊を拯はとするは頗る吾意を得たるものなり」と。『家』の内容は、第一章総論第二章祖先第三章墳墓第四章宗教及び儀式、と続き、家の歴史性とその護持の心得とを各章ごとに懇切に具体的に説いている。注目すべきは、第三章墳墓の劈頭に「墳墓は祖先又一族の遺骨を永久に安置せる霊場なり。其尊厳を維持し、安固を計るへきは家長の大義務なり」と、祭祀権が家長にあることを宣言していることだ。著者図師庄一郎のこの言は、民法第九八七条「継譜、祭具及ヒ墳墓ノ所有権ハ家督相続ノ特権ニ属ス」を復唱したものであることがわかる。

清を、父母の眠る養源寺に〈一族〉として葬った「坊っちゃん」の行為は、小泉三吉が、それぞれの事業の為に出郷していった兄たちに代わって両親の墳墓を建立したのと同様に、まさに「坊っちゃん」が、理念としての一系型大家族の家長の権限を行使したことを示すと同時に、「坊っちゃん」の、〈家〉に関する、秘めたもう一つの意志をも明かしている。〈万世一系の天皇〉という血脈の神話は、国民の信従を引き出す為の家族国家論の推進者にとって絶対の支柱となるべきものであった。だから「坊っちゃん」の行為の意味は、祭祀権を、愛する「下女」に対して行使することによって、〈万世一系〉の血脈の神話と家族国家論に対する反抗の意志を明確に打ち出しているのである。(9)

また大隈の序の中で、〈ハイカラ文学を信奉し、個人主義的自由恋愛を主張し、健全なる社会組織を破壊する〉と危惧されている者たちが、兄、赤シャツ、野だに符合していることも明らかになる。このように考えて来ると、『坊っちゃん』における基本的葛藤は、近代社会の構成分子たる、浮動する新中間層、すなわち兄、赤シャツ、赤シャツの弟、野だ、校長らと、消滅、衰退をすでに運命付けられた旧共同体的一系型家族の秩序感覚を共有する、父、「坊っちゃん」、清、山嵐、うらなりという、二つのグループの、敵対の構造であることがわかる。

では、その対立構造は具体的にはどのようなものか。神島二郎は、旧共同体の「結合原理が、一系型家族相互間の主従契約であり、その秩序の性格が調和であり、その倫理が消極的「勿れ」主義であるとすれば、近代社会の結合原理は、独立個人相互間の社会契約であり、その秩序の生活は妥協であり、その倫理は積極的「為せ」主義である。(10)」と述べる。清と「坊っちゃん」は、絶対的信頼に基づく主従関係と代理母としての無償性とが重層された調和的な最強の絆であり、「坊っちゃん」は紛れもなく「何もせぬ男」(二)父譲りの「勿れ主義」である。「おれは其時から別段何になると云ふ了見もなかつた。しかし清がなるなると云ふものだから、矢っ張り何かに成れるんだらうと思つて居た。今から考へると馬鹿〱しい。」(一　傍点引用者以下同様)「別に望もない、是で沢山だ」「学問は生来どれもこれも好きでない」「只懲役に行かないで生きている許りである」。かくのごとく「坊っちゃん」は、無為主義者であり、この旧世界のエトスの継承者であることによって、兄や赤シャツが代表する「為せ」主義の現代とはじめから袂を分かっているのである。

清が「坊っちゃん」に託する夢、立身出世や玄関付きの家は、その実体や現実的な内容が問題なのではなく、絶えまなく注がれる、清の「坊っちゃん」への愛と祝福の換喩的表現というべきものだ。「坊っちゃん」が清のそれらの言葉を「矢っ張り何かに成れるんだらうと思つて居た」、「おれも何だかうちが持てる様な気がして」と嘉納することによって、二人だけの共同体を確認するための道具としてのみ、時代の紋切り型の言葉が用いられているにすぎない。だから清は「坊っちゃん」の側にさえ居られるのなら「玄関付きの家でなくつても至極満足」(十一)だったのである。(11)立身出世どころか清とは、「坊っちゃん」が墓に入る日の来るのを待ち望んでいる存在であることを失念してはならないのである。

三　イニシエーションの回避

小説『坊っちゃん』の構成は、「母が死んでから」清と共に暮らした時代、「清には菓子を貰ふ、時々誉められる。別に望もない、これで沢山だ」（二）と回想する至福の時代と、清と別れて異郷に赴任し、ひたすら清を恋いしがっている時代との二つの部分に大別される。四国へ赴任した後の「坊っちゃん」は、あたかも生まれてから他の人間と接した経験がなかったかのように清の記憶しか甦らず、自己の歴史性がすべて清という過去に収斂している。これは清との親密さを示すのみではなく、構造的に、「坊っちゃん」の眼差しが決して未来へ向けられることがないことの証左である。

明治一八年四月、熊本の大江義塾で行なわれた徳富蘇峰の講演、「第十九世紀日本之青年及其教育」[12]は、葬り去られるべき過去を老人に、来るべき未来と進歩を青年に結び付け、未来を担う中心世代である青年のその青年たちを導く教育の役割の重要性を強調し、同時代の青年たちの熱狂的な指示を得たことで知られている。[13]「青年社会ナルモノハ恒ニ流行ノ先登者タルハ論ヲ俟タサルナリ（略）雄壮ナル改革者ノ月桂冠ヲ被リシ人々ハ。（略）社会ノ人士ガ夢ニダモ想ヒ及ハサル所ノ一種剛鋭活発ナル白面書生。若クハ其ノ社会タル学校ノ作用ニ出テタルコトヲ」（傍点引用者）。このような青年像と、未来をもたない「坊っちゃん」との懸隔は余りにも大きいと言わざるを得ない。また、「坊っちゃん」は中学校を出た後、物理学校で三年学んだわけであるが、同時代の青年たちと「坊っちゃん」とのさらなる異質性は、この長きにわたる学校生活の意味が全く無視されている事実にある。

　学校教育とは、少年が、帝国大学を頂点とする学校体系の序列化という制度の中に組み込まれ、かつ「誰カ衣食ノ為ナリトイハサルモノアランヤ」[14]と、すでに学問の目的が立身出世の為であることが当然とされる[15]なかで競争原理を叩き込まれた後、村落共同体ではなく国家に回収される為の否応のないイニシエーションの場であったはずなのである。蘇峰の講演が示す明治国家の教育熱と学校制度は、少年をこのような意味において社会化せずにはおかない。しかしテクストのその部分は余りにもあっさりと「おれの生涯のうちでは比較的呑気な時節であった」（二）の一行で終わりである。テクストはこの期間の事を何故か語りたがらない。テクストが朧化しようとしているのは何か[16]。それは「坊っちゃん」がイニシエーションを通過していないことだ。そして国家のイニシエーションを通過させないことによってテクストは、「坊っちゃん」が明治国家の成員たる資格を欠落させており、〈ことを為す〉明治の青年たちの陰画である、旧世界の「何もしない」父の継承者であることを反復強調しているのである。「坊っちゃん」の生は、明治国家に教育を受けた青年たちの裏バージョンなのである。

四　もう一人の〈天皇〉

イニシエーションを通過していない「坊っちゃん」は永久的に「坊っちゃん」のままである。大槻文彦「大言海」によれば「坊っちゃん」の見出しには、１良家の子弟　２、世間知らずを嘲る語、の二つの意味があり、「坊っちゃん」は確かにその二つの意味を生きている。しかしこのテクストには第三の意味として、成長しない子供、大人になることを前提としない子供という意味が付け加えられた。この小説において〈成長しない子供〉であることこそが、近代日本において淘汰され追いやられてゆくことを運命付けられた種族であることの表象なのである。「坊っちゃん」の眼が未来を望まないことも、絶対に恋愛問題が生じない理由もそこにある。イニシエーション無き「坊っちゃん」はいつまでも清に支えられる〈幼天皇〉なのだ。

天皇（絶対者）であるという意味は、「坊っちゃん」が〈名付ける〉立場だということである。渾名を付けるとは、その人間を記号化し認識上の操作を加えることだ。「坊っちゃん」は、出逢ったすべての人間に名を付けるが自分自身に名はない。「坊っちゃん」は、ただ「坊っちゃん」、すなわち貴公子という、名の無いものとして聖別されている。固有名とは、共同体の言語と論理を前提とする、つまり何らかの公共性を前提とするものである。そして公共性が、異質なものの相互承認によってしか生み出されないとすれば、この貴公子は公共性を生み出すことのない、絶対的な〈私〉性を生きる人物だということになる。「坊っちゃん」が他者の固有名を認めず、自分が命名した名でしか呼ばないことも、「坊っちゃん」が公共性の外部を生きる人物であることに由来する。そして「坊っちゃん」が公共性をもたない人物であることは、「坊っちゃん」に、〈声が無い〉ことと深く関わっている。「坊っちゃん」に〈公共の声〉が無いことは繰り返し強調されている。

> きまつた所へ出ると、急に溜飲が起つて咽喉の所へ、大きな丸《たま》が上がつて来て言葉が出ないから、君に譲るからと云つたら、妙な病気だな、ぢや君は人中ぢや口は利けないんだね、困るだらう、と聞くから、何そんなに困りやしないと答へて置いた。　（九）

公共性をもたない「坊っちゃん」が「人中ぢや口が利けない」のは当然のことであり、その点で山嵐、赤シャツなど、公共の言葉すなわち不特定多数の他者に語る声を豊かにもつ、学校体系のなかの人間たちと「坊っちゃん」との異質性が際立たせられている。ではこの場合の公共性とは、時代の文脈においてはどのような意味をもつのであろうか。

明治政府は、鉄道の敷設によって、固有の意味と歴史をもつ共同体の山河を均質的な空間に変え、衛生思想は、人間の一つの状態であった病気を治療の可能な疾患として析出し、均質的な健康な身体を作る。そして標準語教育は、根生いの民衆語である方言を撲滅し均質的な言語を民衆に推し広める。公共性とはこの均質化のことである。人間の生活全般にわたる、近代化という名の均質化作用は当然、声という身体性にも及ぶ。赤シャツや山嵐などの、標準語による公共性をもつ声が、まさしく近代国家が求めた均質化作用の成果であるとすれば、「坊っちゃん」の声が、このような均質化を被る以前の、旧世界の民衆の生活に根ざした、特定の「あなた」や「おまえ」に語りかける為という限定をもった声、つまり〈私〉性に執した声であることが明らかになる。また、「坊っちゃん」の言語「べらんめえ」とは「江戸以来の下町の職人などが使う威勢のよい」調子の言語（「大辞典」）、すなわち紛れも無い方言である。赤シャツや野だ、山嵐などの用いる、学校教育が推進した東京中流社会の言語である標準語ではない。[17]語りも、「いやに」とあるべきを「やに」と表記するなど、方言色をアピールしている。何よりもこの小説が、主人公の軽蔑の身振りで韜晦しつつこの地方の方言を再現することに非常に熱心であることを看過すべきではない。

「言語の純化[18]」が目論まれた〈大日本帝国の国語〉である標準語は、その均質化作用によってそれを操る主体意識の希薄化をもたらさずにはいない。主体意識の希薄化は必然的に身体を冒し、その声は例の腹話術のようなのっぺりした声に近付くだろう。[19]国家は、血脈のイデオロギーを押し進めつつ、こうして言語に通う血を奪ってゆく。国家のイニシエーションを通過していない「坊っちゃん」は、この声と言葉を決して習得できないのである。だから「坊っちゃん」は腹話術の声の行き交う「人中」ではいつでも「咽喉が塞がつて饒舌れな」（七）くなってしまうのだ。[20]「坊っちゃん」の〈私〉性が、常に国家という〈公〉との敵対の構造にあることを看過してはならない。

未来を望まない無為主義者の「坊っちゃん」は「四国辺のある中学校」（一）へ赴任して何をしたであろうか。彼はただ調和的な旧世界の秩序感覚をもつ者とそれ以外の者とを〈虫が好く、好かない〉という子ども的基準で識別しただけである。「坊っちゃん」が、大人の支配する牢固とした現実社会に指一本さえ触れられるはずがない。[21]「坊っちゃん」はただ山嵐という従者[22]と共に、闘う身ぶりをしたままである。赤シャツ、野だに立ち向かう「坊っちゃん」の喧嘩振りが、子供時代に「質屋の勘太郎」（一）をいじめていた時と一体どれほどの径庭があるだろうか。

勘太郎は無論弱虫である。弱虫の癖に四つ目垣を乗りこえて、栗を盗みにくる。ある日の夕方折戸《おりど》の蔭に隠れて、とう〳〵勘太郎を捕まへてやつた。其時勘太郎は逃げ路を失つて、一生懸命飛びかゝつて来た。（一）

「坊っちゃん」の相手が、子供から今度は大人に代わっただけである。赤シャツが訴えなかったのは、無法者を相手にしない、という大人の身の処し方を知っているからに他ならない。物をぶつけるという、山嵐とは明確に異なる「坊っちゃん」の攻撃法が、〈少年〉の民俗と因縁が深いことは、中沢厚『つぶて』に緻密な考証がある。[23]

漱石の創造した貴公子はこのような、男性ジェンダー化を峻拒する〈永遠の少年〉である。この貴公子は、イニシエーションの回避と固有名の抹殺によって、この社会の〈単独者〉の位置に立ち、国家制度の追尋から身を翻して逃走し、自分はこの国に人間として生きたくない、と宣言している。この意味で『坊っちゃん』は極めて行為遂行的なテクストであると言えよう。彼は「だから清の墓は小日向の養源寺にある」と語り納める。しかしわれわれはその後に、彼が言わずにしまった、「だから」で始まるもう一つの文字をありありと読み取ることができる。清の限りない愛と祝福に応える言葉を。〈だからおれは清のところへ行く適当の時期を待っているのだ〉と。

注

（1）生方智子「国民文学としての『坊っちゃん』」（『漱石研究9』一九九七）

（2）朴裕河「恐怖と排除の構造『坊っちゃん』論」（『漱石研究17』二〇〇四）

（3）有光隆司「『坊っちゃん』の構造」（『國語と國文學』一九八二・八）は「この男の名前は、ついに明らかにされることがない」ことに着目し、彼が「社会の帰属性に基づいた他者との関係を拒んでいる」という解釈を示している。小稿は有光氏と同じ出発点に立つが、論旨を異にしている。

（4）山田晃『坊っちゃん』論（『作品論夏目漱石』双文社出版　一九七六・九）に「目先よく実業家

を志す長男とは違い自分の血を多分に享けている次男坊」と、父との深い絆について言及がある。
(5)『近代日本の精神構造』(岩波書店　一九六一・三)
(6)前掲『近代日本の精神構造』「一　正統性の問題」の中の「家長のもとに集中された統制権(家督の総領!)を中心として形成された同属団の結合」という概念に依拠している。
(7)(5)に同じ
(8)経営社刊
(9)有地亨は、日露戦争から明治末にかけては、国体を維持する為に何としても家族主義を強化しようとする体制内イデオローグと、阿部磯雄らの個人を基礎にした家族観との間で、さかんに論議が交わされた時期であったことを伝えている。(『近代日本の家族観　明治篇』弘文堂　一九七七・四)
(10)(5)に同じ
(11)小稿は藤尾健剛「「坊っちゃん」は、清の期待にそむいて」「立身出世のできなかった男の物語」(『漱石の近代日本』勉誠出版　二〇一一・二)とは、したがって見解を異にする。
(12)明治二十年四月、集成社より刊行(『明治文学全集34　徳富蘇峰集』筑摩書房　一九七四・四の解題による)。
(13)木村直恵『〈青年〉の誕生』(新曜社　一九九八・二)、中野実『東京大学物語』(吉川弘文館　一九九九・七)
(14)前掲「第十九世紀日本之青年　及其教育」(『明治文学全集34　徳富蘇峰集』)
(15)福沢諭吉『福翁自伝』(明治三二・六)には、福沢が緒方洪庵の塾生であった修行時代の、自己目的的に学問に励んでいたバンカラな生活振りが回想され、翻って「今日の書生」にあって、学問の目的が功利主義に傾斜してゆくことへの注意を促しており、時代の推移を伺わせる。

(16)　平岡敏夫『「坊っちゃん」の世界』(塙書房　一九九二・一)に「坊っちゃんの性格」として見ると「物理学校三年間の平穏な下宿生活」は「作品的真実からすればウソ」との見解が見えるが、それが「ウソ」であるという根拠を読者は与えられていない。むしろ「平穏」に過ぎたという語りのうちにこそ「坊っちゃん」における〈学校〉の意味(＝無意味)が潜められていると考える。

(17)　松元季久代「『坊っちゃん』と標準語雄弁術の時代」(『漱石研究12』一九九九)は、「坊っちゃん」の「べらんめえ」を標準語に対する方言であると指摘し、「坊っちゃん」の言語能力を問題化した示唆的論考である。

(18)　イ・ヨンスク『「国語」という思想』(岩波書店　一九九六・一二)に上田万年が、一八九五年(明治二八)「標準語に就きて」と題した講演で、意識的に「江戸語」との連続性を断ち切ろうとしていること、「標準語」の基礎となるべき東京語は、「ベランメー」言葉のようなものではなく、「教育ある東京人の話す言葉」でなければならないと言ったことを紹介している。

(19)　イ・ヨンスク前掲書は、一九〇三(明治三六)年に発足した教科書国定制に基づいた第一次国定国語教科書『尋常小学読本』に「異様なまでに綿密な発音矯正がもくろまれている」と述べている。

(20)　松元季久代前掲論文は、坊っちゃんの言語修得能力を「主人公の幼少期の教育環境」の「あまり上等でない」ことに帰しているが、小稿では「坊っちゃん」の〈私〉性対〈国家〉という構造上の問題として捉えている。

(21)　有光隆司前掲論文に「「大事件」そのものへの真の参加は最初から拒まれているのである」という示唆的な見解がある。

(22) 「叡山の悪僧」(二) のような山嵐と、「華奢に小作りに出来ている」(三)「坊っちゃん」との取り合わせは、弁慶と牛若丸という伝統的な主従の物語モデルを連想させる。

(23) 法政大学出版局　一九八一・一二

第四章

〈意識〉の寓話

——『夢十夜』の構造——

一　〈意識の限定性〉の方法化

『夢十夜』の方法を考える手掛りとして『虞美人草』から『坑夫』を経て『夢十夜』に至る、漱石の創作上の転換について触れておかなければならない。

『虞美人草』執筆後漱石は、小説の新しい領域として「形式の打破を意に留め」（『創作家の態度』明治四一年四月）ず、「散漫」で「神秘的」な、まとまりのつかない人間の現実を「客観的描写」で捉える方面に進むことを提言する。『虞美人草』から『坑夫』への方法上の画期的な転換は、この写生理論に基づくものであり、それぞれの主人公の形象の変化として象徴的に表われている。「小野さん」は〈明るい方へ明るい方へ〉と、未来を第一にする人物であるのに対して『坑夫』の「自分」は〈自滅を志す〉人物である。〈自滅を志す〉とは、過去を断ち切り未来を閉ざそうとすること、言い換えれば自らの歴史性を抹消しようとすることである。その結果この人物は極めて特異な意識性をもつことになった。つまり過去に照して現実を整序するという、人間の一般的な意識の機能が働かず、時間的に〈現在〉だけが不自然に増幅される。過去からの固有の因果関係に基づき、意味や安定的な概念を作る、という意識の統合作用がなければ、自我は受動的になり透明になって、現実がただ現象として次々に通過してゆくだけの〈場〉となる。当然そこに感受された現実はデフォルメされたものになる。その結果、『坑夫』

の主人公は〈これが事実なんだから仕方がない〉、そして〈夢のような〉という二つの言葉を繰り返す人物となった。この二つの表現は、①意識の機能が極めて限定されたものでしかないことに対する無力感と、②その事実がもたらす、現実と自己との疎隔感とを示している。この二点が『夢十夜』の方法に接続する。

例えば「『坑夫』で発見され、『夢十夜』で生かされた意識の写生」（島田雅彦『漱石を書く』岩波新書　一九九七・一二）という時、ではなぜ〈意識の写生〉が可能になったのかという問題は抜け落ちている。〈整合され得ぬ現実を客観的に捉える〉という漱石の写生理論は、その媒介項として〈意識の機能の限定性〉を発見することによって小説の方法となり得た。これが『坑夫』で試みられた〈実験〉の要諦である。そしてこの理念がひとたび方法化されたならばその限定性にさまざまなヴァリエーションを作ることが可能になる。夢を語る、というのも当然その試みの一つである。

『夢十夜』は「こんな夢を見た」と語り出すことによって、誰もが体験している、夢を見ている時の、特殊な意識の呪縛状態を読者に喚起し読者を幻惑する。つまり先の、〈意識の限定性〉を読者に加担させることによって、到底ありそうにない話を〈夢ならばありそうだ〉という風に、読者と作品との直接的な緊張関係を作ろうとしている。これを、作者が読者に仕掛けた心的な詐術とすると、その具体的な技法は〈語りの詐術〉として表われる。『夢十夜』が夢らしさを醸し出していることの大きな要因は語り手の位置である。『夢十夜』の語り手は、いずれもそこに起きている、不思議な事件や現象に対する〈適当な距離〉を欠く者達なのである。それが夢を見る主体であることとの条件なのだからである。彼らは①密着するか、つまり事件の当事者であるか、または②語られる対象との間に〈奇矯な〉距離をもつ者、つまりコミュニケーションの回路が無い者かのどちらかである。①の場合が一、二、三、四、五、六、七、八夜であり、②の場合が九、十夜となる。①の場合は説明を要しないが、②に該当する第九夜第十夜は、この二話に特有の〈夢らしさ〉の印象を与えているものが、事件の固有性そのものよりも〈語り方〉にあることを明らかに示している。二つの話は共に、「自分」にその話を語った当人、つまり内在的な語り手である「母」及び「健さん」の声が消去されているのである。第九夜の母は最後まで登場しない。もしこの話が、それを実際に語った母自身の言葉で語られていたとしたら、つまり母が登場していたとしたら、「自分」と「自分」に語りかける母との、無償の関係性が強調されるために哀切感は薄れてしまった筈である。この話が〈悲しい夢〉の印象を与えるのは、ひとえに〈自分に語る母〉の姿が消去されたために侍の妻のひたむきな像と、登場しない母の像とが相互に浸潤し合う効果をあげたためである。[1] 同様に第十夜も、庄太郎と直接的な利害関係にある「健さん」の肉声から「自分」という、さらに間接的な語り手に委ねられたために、庄太郎や女の個的な表情が失われ、あたかも伝承のような、第十夜独特の趣きが作られたのである。

『夢十夜』は一つの統一的なテクストであり、個々の話はそれ自体で完結していると同時に、それぞれが有機的な関連のもとに全体を構成しているのであるから、個別と統合と、双方の解読が必要なのは自明である。したがって考察を進める際の手掛りとなるのは、反復される発想の基本型である。それらを要素として抽出することができれば、テクストに込められた指針をある程度整理することができる。要素を具体的に抽出してみる。

①恋に関するもの　一、五、十夜
②室内を舞台とするもの　二、八夜
③神仏に関するもの　六、九夜
④何処かへ真直に向う男の話　三、四、七夜

この章はこうした展望のもとに、個々の話の具体的な検討から、グループ間の相互的関連性を考察し、最終的にそれらを包摂するテクスト全体の構造を求める、試みの一つである。

二　背信の構図と〈春画〉

一、五、十夜は〈男女の話〉である。つまり人間の〈関係的存在〉としての側面が主題化された一群であって、それを、人間がこの世で結ぶ諸関係の中で最も濃密な形態である男女関係に集約させているわけである。またこの三話は、主人公の意識を支配するものが女である、という共通項によっても一つのグループとみなすことができる。

第一夜第五夜の〈関係の構造〉については石井和夫「『夢十夜』の構成と主題—直線と円の饗宴」(2)の中の次の部分が示唆的である。つまり「百合は男が女の末期の言葉を信じて待った結果現われるのではなく、正確には『女に欺されたのではなかろうか』とただ一度疑った直後にその反応として出現するという文脈」から「古来・洋の東西を問わず（男の）背信が夢を砕く」という「あらゆる伝承に流布した基本形態」の漱石的表現を見るのである。第五夜も全く同じ構造なのであって、「女を淵に転落させるものは男の「心」に潜む「疑」という「天探女」にほかならず、この二つの夢は、女＝〈信〉、男＝〈疑〉という男女の関係原理を伝えるもの、という結論になる。しかしこの説は第五夜の解釈としてこそふさわしいのであって、第一夜には検討されるべき多くのものが残されている。なぜなら右の解釈では、女が死ぬまでの、繰り返す波のような濃密な会話のもつ意味、すなわち第一夜の最大の特徴が無視されてしまうからである。第五夜が、遂に逢えない話、未了の恋であるのに対して第一夜は、すでに望んだ何事かが果たされた充足感が漲っているところが決定的に異なる。第一夜で問題にされるべきはこの充足感の秘密である。すなわち第一夜は男女の性愛の光景の、極めて漱石的な、芸術的に昇華された表現だということなのである。

まず男女の姿勢である。女は「仰向に寝」ており、男は上から女を「覗き込」んでいる。その姿勢で交わされるのが次の問答である。「もう死にます」「さうかね、もう死ぬのかね」「死にますとも」「死ぬんぢやなからうね、大丈夫だらうね」「でも、死ぬんですもの」。至福と緊張の混交した男女の囁きが、波のように揺れ動き反復する。語り手の「どうしても死ぬのかなと思つた」の一行まで、女の言葉に引用符「『　』」が無いことは、うねりつつ緊迫の度を加えてゆく男女の至福の一体感をおのずから示している。女が「『百年待つてゐて下さい』と思ひ切つた声で云つた」瞬間、「自分の姿がぼうつと崩れて」「静かな水が動いて写る影を乱したやうに、流れ出」す。緊張と放出のドラマ、つまりカタルシスの後はエムプティの時間が来る。男が女の〈屍〉の傍で待つ時間はその心理的長さを象徴している。男が待っているのは女の〈復元〉である。第二夜の座禅の話に、極立った印象を与えているのが過剰なまでの身体的感覚、それも苦痛の要素であることと比較するならば第一夜の小説的技巧も自然に類推できる。

すなわち第一夜は、性愛の行為から、苦痛即快楽へと反転する身体的情動を周到に消去し、男女の心理の絡みとカタルシスに語りの機能を限定することによって、性行為があたかも深い水の底の光景ででもあるかのような芸術的曲折において表現されているのである。また「自分が百合から顔を離す拍子に思はず、遠い空を見たら、暁の星がたつた一つ瞬いてゐた。」という部分の〈暁の星〉に注目するならば、このドラマは夜から明け方までの一夜の物語とわかるのである。(3) さらに第一夜を陰画的表現と見た場合の陽画とも言うべき次のような現代短歌もある。「もう百合の花びんをもとにもどしてるあんな表情をみせたくせに」。(4) この歌が〈百合のようにすっきりと〉といった性的な復元を含意していることは明らかであり、性愛の後の回復を百合によって暗示する技巧において、第一夜の男女の関係の構造を図らずも示唆している。第一夜は、身体感覚によるリアリティーを意図的に回避した、漱石の精妙な、そして唯一の〈春画〉である、と言わねばならない。

第十夜は、男の心の奥底に潜む「天探女」(=疑心)によって愛の世界が破綻する第五夜と、主題的に変りはないが、芳川泰久の「絶壁の天辺で演じられる光景は、鼻と果実の隣接によって可能となる、すぐれて男女の性愛的な光景なのだ。(5)」という指摘にあるように、鼻・果実の他にも〈洋杖〉、〈蒟蒻〉等、性行為を象徴する小道具が至るところに散りばめられており、第一夜の〈性行為〉と、第五夜の〈男の背信〉との複合的内容が、〈絶壁の上の男女〉という状況設定によって可能になったもの、と見ることができる。

また第十夜は謎めいた女が男を〈遠い所〉へ連れて行く、という『永日小品』の「心」と同じ構造でありながら全く対照的な結末となっていることからこの二つを対なる作品と見ることができる。したがって、この二つのテクストを比較検討することで第十夜の男女の関係構造はさらにその輪郭を明らかにする筈である。双方の共通項としてまず挙げなくてはならないのは、愛する者との出逢いが、現世の秩序をはるかに、また一気に越境する〈事件〉であることだ。この越境は、主人公が共に、女との出逢いの前後に、空間的時間的に、自分の生活空間から途方もなく隔てられる、その〈隔たり〉として示される。「心」の場合を見ると、「まだ見た事のない鳥」と不思議な邂逅をした「自分」はその日の夕刻散歩に出るのだが、この「散歩」が実に異様なものであることに着目しなければならない。この散歩で、「自分」は〈たくさんの町を通り過ぎ〉〈幾千人の人〉と出逢ったというのである。この主人公は「たつた一つ自分の為だけに作り上げられた顔」と出逢うために、途方もない非日常的な時間空間を潜り抜けたということになる。未知の国からの使者である鳥は、男を女に出逢わせるために、瞬時に現世を〈逸脱〉させ、二度と後戻りのできない〈遠い所〉へ導いた。庄太郎が「余程長い電車」に乗って〈切岸の天辺〉へ導かれたように。

二つのテクストの対照性としては、第十夜の〈非常に広い原〉〈切岸〉、に対して「心」は、迷路のような〈細く薄暗い露次〉を空間的な特徴としている。また第十夜が先述したように「健さん」から「自分」へと、語り手が間接化されたために、登場人物の個的な表情及び心理が消され、あたかも伝聞による説話のような外貌を呈しているのに対して「心」は一人称独白体による臨場感を意図している点などである。そしてこれらの対照性が結末における対照性を導き出す。庄太郎が〈切岸〉から飛び込むのを「見合せて」現実と辻褄を合わせ、生き延びようと無益な苦戦苦闘を試みたのに対し、「心」の「自分」は〈平生〉ならば当然あるべき「躊躇」を踏み越え、促されるままに「細く薄暗く、ずつと続いてゐる」「露次」を「鳥の様にどこ迄も跟いて行き」、遂に現世から姿を消してしまうのである。だから「心」はテクスト全体が、現世から掻き消えてしまった人間の、どこか遠い時空から響いてくる声によって語られていることになる。

みずから知らず現世を越境してしまった人間は、運命の導きのままに進むほかはない。そこから後戻りするためには、運命による〈逸脱〉を人力で回収しなくてはならず、それは不可能なのである。庄太郎は〈切岸〉から飛び込むほかに道はなかったのである。庄太郎が豚と戦うはめになったのは、女と共に知らずに犯してしまった、現世の秩序からの逸脱・越境に対して現世の側から復讐されたということである。運命の女との邂逅による日常からの逸脱と、そこからの不可逆性という基本的発想において『永日小品』「心」は第十夜の再形象化であり、テクストそれ自体による第十夜の読解である。概括するならば、一、五、十夜はいずれも男を主人公とした恋の話であって、それ故にか、〈性行為〉と〈背信〉とが構造化されているのである。

三　〈悟り〉という罠

〈室内〉を舞台とした②群の第二夜第八夜は、以下に示すような点において③群の第六夜第九夜と対なる関係にあることがわかる。

②二、八夜（室内を舞台とするもの）

Ⅰ主人公が共に自分の能力を過信している。

Ⅱ〈周囲〉は静かであるのに主人公の内なる意識だけが落着かず散漫である。

Ⅲ室内、つまり閉塞状況におけるドラマ
Ⅲ戸外が舞台
③六、九夜（神仏に関するもの）
Ⅰ自分の能力ではなく神仏を恃んでいる。
Ⅱ〈騒がしい周囲〉と、運慶及び母親の揺るぎない「一心不乱」とが対照をなす。

このように際立った対照を示している四話はまとめて、より高次の〈意識の自由〉と呼ぶべき主題系のもとに括ることができる。漱石の〈意識の自由の概念〉についての断片がこの問題に示唆を与えている。

放タレルト云フヿハ一方ニ囚ヘラル、ト云フヿなり。

（明治四十三年夏胃腸病院入院中頃断片）

この〈自由〉の概念から見るならば、ある対照（彫刻・夫への愛）に囚われ没入している運慶と母親は、魂の自由を獲得している者達である。彼らにそれが可能であった理由は、仏と八百万の神への信仰によって個我の限界が越えられているからである。〈戸外〉が舞台であることも〈放たれている精神〉の喩と言えよう。(6)これに対して二、八夜の主人公は共に、固有に築き上げてきた人生の蓄積を背景として、侍は解脱に、「自分」は物を隈なく見ることに挑戦しようとしている。

侍は自らの人生の中で形成された、侍としての倫理を存在の基盤として無という公案に対決するのだが、侍はこれが全くの自己矛盾であることに気が付かない。負ける屈辱よりも死を選ぶ、という侍的闘争精神は〈意識の自在〉を妨げるためにしか機能しない。侍の意識によってがっちりと構造化されてしまっている侍は、自分の意識の迷路をどれ程探ってみたところでやはり〈侍の意識〉にしか行き着かない。〈侍の自覚〉こそが意識の出口という出口をことごとく塞いでいる壁なのであり、その壁のすべてに和尚の嘲笑が見え隠れするのである。

第二夜はおそらく上田秋成『雨月物語』の「青頭巾」を典拠とする〈禅という詐術〉の話である。この両テクストの主人公は共に〈悟り〉という罠にはめられたのである。「青頭巾」の、旅の僧快庵は、新興仏教曹洞宗の禅僧であり、解脱を願う妄執の僧は旧仏教真言宗の学僧であることに「青頭巾」の要諦はある。導く者と導かれる者との、この立場のとんちんかんさ、チグハグさが第二夜の、和尚が侍に仕掛けた、侍の魂によって悟りに挑むという矛盾の構造にそのまま対応する。〈不立文字〉の立場を取る禅宗の唱導の句を旧仏教の学問の力によって解けと命ずることが最大の矛盾なのである。「青頭巾」の結末は、この学僧の解脱を示すのではなく、快庵の仕掛けた罠にはめられて旧仏教が新仏教に駆逐されてゆく時代相を象徴するのである。(7) ひたむきな人間が、人生の過去の蓄積によって逆に足をすくわれるという呪縛の形式と、

〈座禅〉という二つの要素の分ち難い結びつきは、第二夜が、日本特有の文化的伝統を媒介とした、先行テクスト「青頭巾」の〈本歌取り〉であることを示している。

四　一翳眼に在りて

第八夜の「自分」は、侍と違って個としての表情が見えにくいが、「ものになるだろうか」という問題化のスタイルは、やはりこの人物を支えている、何らかの人生の蓄積を想像させると同時に、この人物が侍同様、若い男であることを暗示する。侍と、第八夜の「自分」との類縁性を示唆するのは〈散漫な意識性〉と〈感覚のざわめき〉の二要素である。椅子に座ると「御尻がぶくりと云つた」あるいは「ちやき〳〵」という鋏の音の繰り返し、そして「黒い毛が飛んで来るので恐ろし」い、などの増幅された身体感覚は、〈ものになる〉という願望とは裏腹に、内なるものの希薄さと、浮足立った意識の在り様とを暗示する。

床屋の鏡とは何か。この鏡の特徴は〈自分の姿だけは立派に映る〉けれども、それ以外のものは皆部分的にしか映らない。また札束を数える女などは実際には存在しないのだから、ありもしないものを移す鏡でもある。つまり極めて偏頗な鏡なのである。次に引用する「断片」は、第八夜の〈ものを見る〉ということ、及び鏡を「自分」との関係を理解するための重要な示唆を与えるものである。

彼は両眼を有す盲者にあらざるを知る故に周囲の事物を明視せん事を欲す之を欲するの極横に視竪に視目を開きて視半眼にして視遂に要領を得ず朦朧に了る一翳眼に在つて空花乱墜するが如し繽紛として彼が前後に舞ふ者は影か形か実在か物象か彼が奔然として直往せんとする時疑の縄ありて彼が頭をまとふ

（明治三十七、八年頃　断片18　傍点引用者以下同様）

傍点部分の「一翳眼に在つて……」は『草枕』にも見える文言で、漱石が親しんでいた言葉であることが窺える。全集の注解[8]によれば『伝燈録』の中の言葉で「一翳は目のほし、すなわち眼球にできる曇りで、煩悩を譬える」。「空花」は妄想の比喩であって「煩悩にとらわれて、悟りが開けないことを言う」とある。したがってこの断片は、隈なく物を見ようと思っても煩悩が邪魔をして妄執や幻が乱れ飛ぶばかり、また心を一新して真直に進もうと思ってもやはり懐疑が縄のように頭に絡みついてそれをも妨げる、と解釈できる。この断片でもっとも肝心な点は、すでに明らかなとおり〈物を隈なく見る〉ことが〈悟を開く〉ことと同義であることだ。侍は〈悟を開く〉ことができず、「自分」は〈物を隈なく見る〉ことができない。つまり二つの話は同根であり全く同じ小説的仕組をもつ。

「自分」がなぜ物を隈なく見ることができないかというと、それが鏡に映る事物だからである。鏡に映るものしか見えないのである。この鏡とはすなわち〈理知〉のことである。鏡は

〈理知〉の寓意である。第八夜は〈頭〉に関する話、つまり〈理知〉をめぐる寓話なのである。そう考える時、ポーの「覚書」[9]の中の次の一節は、知的な人間の分析癖（＝理知）を〈歪んだ鏡〉に譬えている点、第八夜の発想の仕方が明瞭に示されている。

芸術のからくり

或る芸術作品のからくりを見極めるのは、確かにそれだけで充分に興味のあることである。（略）スミルナの神殿に鏡があつて、どんな美しい形像でも歪めて映すというが、実際、芸術について分析的に考えることは、その鏡のような作用をすることになる場合が多い。

この引用部分の「芸術」を、〈思潮〉などに置き換えてみると、第八夜が寓意するものの全体像が明瞭に浮ぶ。理知の働き、すなわち分析癖というものは、スミルナの神殿の鏡のように現実の姿を歪めてしまうものだ、というわけで、明治四一年の『夢十夜』に関するものと思われる「断片」[10]の中の「神殿」とあるのは〈スミルナの神殿の鏡〉とも見られよう。また次のような例もある。『三四郎』冒頭にその名が見える、一六、一七世紀英国の哲学者、フランシス・ベーコン『学問の進歩』に、人間生活に利益や効用を生み出す母胎とならずにひたすら「あらゆる疑念とへりくつ」に終始するスコラ学者たちを「かれらのおごりたかぶった心はとかく神のみことばのお告げ（聖書）をおきざりにし、かれら自身の勝手な考えをまぜあわせてむなしくなるように、自然の探求においても、かれらはいつも神のみわざのお告げ（自然）をおきざりにし、かれら自身の精神のいびつな鏡とか、少数の認められた作家あるいは原理とかがかれらに示してみせる、まやかしの、ゆがんだ像を礼拝したのである」（ベーコン『学問の進歩』服部英次郎・多田英次訳　岩波文庫一九七四・一）、と述べている。このような漱石の教養の背景から、第八夜は、学者を諷した一編であることが明らかであろう。

右に考察してきたことを表現に則して確認してみると、「四角な部屋」の中で「自分」は「鏡に映る影を一つ残らず見る積りで眼を睁」る。「四角な部屋」は〈象牙の塔〉などとの連想関係が成立し、ナルシスティクな〈理知の王国〉の暗喩となる。この部屋の中では当分「自分の顔」だけは「立派」に映るのである。「鏡に映る影」は〈現実の動き〉、つまり思想や芸術の流行現象を指す。新時代の動向を、わざと「粟餅屋」「豆腐屋」「芸者」などの、旧時代の風俗に託しているところに一篇の趣向がある。

鏡の映像は、みな「よく見やうと思ううちに通り過ぎてしまう」ので、すべてのものを隈なく見ようと意気込めば意気込む程〈気がかり〉＝〈神経衰弱〉が募ることになる。この光景からは、漱石が近代日本に発した警告、講演『現代日本の開化』（明治四四年八月）が容易に連想に浮ぶ。すなわち第八夜は〈近代化〉＝〈西欧化〉を急ぐ日本の現実の中で「あるだけの視力」＝〈あるだけの知力〉を振り絞って、めまぐるしく入れ替る西欧思潮をことごとく消化しようと身を削る、知的エリートの徒労と焦燥を寓意している。最後の映像、〈札束を数える、顔色のよくない女〉の意味は、近代日本が抱えこんでしまった膨張性、つまり〈果てしない欲望〉の姿を「自分」が幻視した、ということになる。なり振り構わぬ〈顔色のよくない〉この女の姿こそが紛れもなく、近代の申し子である知的エリート「自分」の真の姿なのである。なぜ女かといえば、近代日本の知性が、ひたすら西欧に依存・適応することに何の疑いももたないことを、〈女〉として暗示しているのであろう。背後の「白い男」は「自分」の顔を横に向け、眼を鏡から外らさせ、〈ちつとも動かない表の金魚売〉を示唆する。すなわち〈室内〉で鏡（＝理知）だけに依拠して物を見ようとする「自分」をたしなめる存在であり、外在的なものと見るよりは、やはり第五夜の「天探女」と同工の、内なるもう一つの自我と解釈するべきである。

侍はプライドのために、「自分」は知的傲慢のために、共に〈解脱〉や〈ものになること〉、言い換えれば〈自由な精神〉に基づく自己実現から遠く隔てられてしまうのである。

以上考察してきた②室内の話二、八夜③神仏に関する話六、九夜を先に引用した漱石の〈意識の自由〉に関する「断片」に基づいて見直せば、

○意識の自由を獲得している者の話　　六、九夜
○意識の自由がどうしても得られない者の話　二、八夜

となる。

五　〈真直に行く男〉〈だまし絵〉

〈何処かへ真直に向う男〉という基本型を共有する三話（三、四、七夜）のうち第三夜は伝統的な因果応報譚を踏襲した悪夢のスタイルをもつ。時代を遡れば比較的容易に見出すことができる、仏教説話の中の典型的な因果応報譚と、小泉八雲の民話と、第三夜とを比較検討し、第三夜がそれら旧時代のものと全く異質な構造を備えていることを明らかにし、その意味について考察したい。次に示すのは享保年間に成立した仏教説話である。(11)

殺レ僧生レ子

武州江府有宗也者。僧為転位登高野山宗也勧人、金五十両施与。登東海道俄欲心出来、遂レ跡於路殺了」Ⓐ、取金帰家、見《バ》我門《ドヲ》殺僧立居。門近失所在。妻有身生レ男《ヲ》随成長大不幸者也。此子十九歳時、公庫附火盗金時、父指図訴故、父子共被所厳科、子死時、瞪レ父云「吾レ今取過去怨」謂了死也」Ⓑ

武州江府の宗也という男が、俄に起きた邪念によって路上で僧を殺し金を奪うが、その僧が宗也の息子に転生して報復したという因果話である。平川祐弘が第三夜の典拠として紹介した、小泉八雲の民話[12]の方は、仏教の布教を主目的とした仏教説話とは異なり、〈転生〉を、より陰惨な形で際立たせた怪談仕立てであるが、右の引用に示した〈原因〉（＝過去）Ⓐと、その〈結果〉（＝現在）Ⓑという伝統的な形式において一致している。Ⓐ＋Ⓑという因果話としての自明の形式をもった、これらの説話や伝承に対して、漱石の第三夜はⒶの、犯罪の事実に該当するものが無い。自分は殺人者であったという記憶だけは甦って来たけれど、実際に人を殺したかどうかは誰にも確定できない、という風にテクストは語られている。因果応報譚の形式としては不可欠な条件であるこの〈過去の事実〉が、第三夜では全く問題にされていない。つまり原因は無いのに結果だけが一人歩きしている、というのが第三夜の最も重要な形式上の特徴なのである。すなわち第三夜は因果応報譚を仮象としながら、それとは全く異質な内部構造のもとに、因果応報譚とは無関係な何事かが表現されているわけである。

因果の法則の解体とは、過去現在未来という時間の、自明な連続性が壊れていることを意味する。第三夜に表われているのはまさにそのことに対する恐怖である。つまり過去を切断され、行途なく混迷する意識（＝時間性）[13]が強いられる恐怖感を第三夜は表現しているのである。言い換えれば、一般に言われる〈刹那の感動〉の反語としての〈刹那の恐怖〉、その物語化なのである。過去と切断され、自己完結した純粋な現在時の意識の内部構造は、実に様々の矛盾と転倒を孕んでいる。このことは主人公でかつ語り手でもある「自分」の立場や行為や運命の、重層される矛盾として表われている。まず親と子の立場が逆転しており、子供が親の運命を握っている。幼い子供が何もかも呑み込んでおり、親である「自分」は幼い子供のように「無我夢中」なのである。〈行為〉という面から見ると、「自分」は何事かを明らかにする役目を負わされた者であると同時に、自らが明らかにされる者である。そしてオイディプスのように、回避しようとする行為によって回避しようとしたことが実現してしまう。時間的に見ると、〈真直に進む〉ことが同時に過去へ、起源への遡及である、という矛盾を呈している。つまり逃亡することが接近することと同義なのである。そしてこれらの重層する矛盾や転倒が実現可能であるために作者は、語り手「自分」を、何事かを失念している意識性、何かが欠落している意識性として設定した。何が欠落しているかと言えば、まさしく〈過去〉なのである。語り手「自分」は、過去の記憶ではなく、時間としての〈過去〉(=歴史)を欠落させた意識性の象徴化なのである。したがって、「自分」は最後に、殺人者であった過去を思い出したのではなく、殺人者であるという意識が誕生したのであることに留意しなくてはならない。そしてこの〈誕生〉は言うまでもなく自己の心的な〈死〉、つまり未来の遮断を意味する。すなわち過去が無い、ということは未来にも結びつくことが無いからである。

語り手「自分」が囚われている恐怖感もまた重層的なものである。自分の生が理由もなくただ急速に衰微してゆく、という恐怖、しかもその事態が何らかの必然に拠るものであること、言い換えるなら衰微させる者がほかならぬ自分自身であることを、意識のどこかで感じている、という二重三重の恐怖の中に閉じ込められている。「分っては大変だ」という心の動きがこの恐怖感の要である。この事実は、つまりこの世界が〈生命〉としての条件を本質的に欠いた生であるという、最大の矛盾を露わにするのである。

ベルグソンは、人間の現在時の意識の第一の機能を、〈過去に寄りかかり、未来に期待し、予測し、未来を引き寄せる〉[14]と定義した。過去と未来とを結ぶ掛け橋であることが、現在時の意識の本質なのである。とするならば掛け橋としての現在時それ自体を前後切断して取り出すということは、生命や魂にとって最も残忍かつ悲痛な敵対性を示すことになるのは自明である。第三夜は、この取り出された一瞬の現在時の〈仕組〉を劇的に表現したものである。誕生は死であり、未来と過去とが一致し、被害者は犯人なのである。

漱石はこのような時間意識によって構成される生の耐え難さを、すなわち〈刹那〉の問題性を描き尽くした作家である。例えば『行人』の長野一郎の形象は、この問題を典型的に文学表現化したものである。長野一郎の日常を構成している時間意識は、第三夜の示す時間の特殊性と重なるのである。一郎は「『人間全体が幾世紀かの後に到着すべき運命を、僕は僕一人で僕一代のうちに経過しなければならない。』」（「塵労」三十二）という悲壮な使命感を背負った誇り高い自我主義者である。したがって一郎はみずからの〈進化〉を早めなければならない。そして〈早められた進化〉はグロテスクなものを生み出さずにはおかない[15]。この人物のグロテスクさは、次のような時間意識によって示されている。またこれが第三夜の世界を外部から客観視した表現であることは言うまでもない。

（略）兄さんは自分の心が如何な状態にあらうとも、一応それを振り返つて吟味した上でないと、決して前へ進めなくなつてゐます。だから兄さんの命の流れは、刹那〳〵にぽつ〳〵中断されるのです。食事中一分毎に電話口へ呼び出されるのと同じ事で、苦しいに違ありません。

（「塵労」三十九）

「刹那〳〵にぽつ〳〵中断される」時間とは、〈掛け橋〉である現在時の意識を、瞬間毎に前後を切断し無残に取り出してみる、意識の作業の結果である。過剰な研究癖分析癖は、一回的な生命の流れの勢いに身をゆだねることを怖れ忌避し、現在のただ一瞬時の〈自己〉以外のすべてを〈他〉として認識の対象とするために、[16] つまるところ「命の流れ」を切断し、固定化し、死物と化す、という自縄自縛に当然逢着する。過去に依拠することなく、未来を引き寄せることもない〈不帰属〉な時間に封じ込められた意識は、もはや生成する主体ではあり得ず、ただひたすらに衰微してゆくものとして瞬間毎に自己実現するほかない。誕生と死とが同義となるのである。一郎はみずからに課した、一世代としての人間の限度を遥かに凌駕した〈進化〉に押しつぶされる。一郎の苦痛の内実は、自分の生命が勢いをもった流れとしてはもはや感じられず、無限の、そして恐怖に満ちた不帰属の一瞬一瞬に分断され、細分化され、遂にばらばらに解体されてゆく、〈発狂〉の予感である。

第三夜が、過去現在未来という、生命の持続的な流れの中から取り出された、このような〈不帰属〉な瞬間の、〈内側〉からの物語化であることはすでに述べた。持続による絶えざる生成を本位とする生命でありながら、その生の内容は、瞬間毎の消滅でしかあり得ないという、こうした〈不帰属〉な現在時の矛盾の構造が、第三夜の、あべこべと矛盾の構造に対応する。第三夜は、漱石が主張して止まなかった〈自我本位〉を論理的に突き詰めた、瞬間の自我の〈正体〉が、〈因果〉の解体として時間的に表現されていると同時に、漱石的個我主義それ自体が内包している自壊作用を、極めて分析的に描き尽くしているという意味でやはり『夢十夜』を代表する重量感をもっている。すなわち全十夜のうち最も悲しい夢である。

第三夜は、死が、生そのものの暗喩であるような世界なのだが、第七夜も基本的発想は同じである。何処かへ向かって〈真直に〉進んでゆく船が、異なる人種（異文化）をも同乗させて先を急ぐ、ある運命共同体であるとすると、「自分」はその共同体の中から自分自身を消し去ろうと決意する。ところが船から飛び降りた瞬間、船に乗っていた時の「自分」の焦燥や悲しみや慰謝も船と共に行ってしまう。つまり船からの投身は、共同体の構成員であれば誰もが抱え込んでいた〈共同の歴史〉と自分とを切断する行為だったのである。〈自殺〉が自己の歴史に関する象徴的な行為なのではなく、自己の歴史そのものを消去してしまう行為であることが第七夜の最も重要な点である。すなわち自分が帰属していた共同体を否定することが自分自身を個性化する代りに、かえって自分自身を無化してしまうことだった。「無限の後悔」とはそれを指してのものである。ではそのような自己は何処へ行くのか。当然何処へも行けないのである。〈いくら足を縮めても黒い波は近付いて来る〉、しかしいつ迄経っても「足は容易に水に着かない」というジレンマは、過去と切り離された時間が未来を引き寄せることもないことを示している。その結果「無限の恐怖と後悔」の瞬間が、宙吊りのまま永遠化されてしまうという、〈だまし絵〉のような矛盾を呈するのである。

〈何処かへ真直に向う男〉の話（三、四、七夜）のうち第三夜第七夜は、考察してきたとおり、ばらばらに切断された線条的な時間に関する話、言い換えれば〈切断される意識〉の物語である。そしてそれは『夢十夜』というテクストにおいては恐怖と混迷をしか表わさないのである。

六　集合的F

④群の、第三夜第四夜第七夜の男達は、いずれも何処かへ行き着くことを強いられている。第三夜は「一筋道」であり、第四夜は「真直に」であり、第七夜は「厭でも応でも」とある。そして三、七夜は、強いられながら行き着く先がない、という話であった。つまりこの三話は、〈真直な〉（＝線条的な）、不可逆な時間性に関する話の一群であることがここで明らかとなる。

第四夜の老人と子供の対照が示す意味も、それぞれが生きている時間性の差異に求められるはずである。

〈真直に行く老人〉とは、時間の始まりと終りをもつ人間の、期間としての生の終りに差し掛った者である。老人が身を沈めてゆく〈川の中〉は「臍の奥」と対応し、誕生から死までの期間の外側を取り巻いている闇の表象である。そしてこの光景の中に佇む子供の「自分」は、この世界の誰ともコミュニケーションが成立していないことに留意したい。「爺さん」は〈今に其の手拭が蛇になる〉と予言する。〈手拭が蛇になる〉とは平面が立体化することにほかならない。〈平面が立体になる〉という劇的変化を示す空間性の比喩を時間性の比喩に変換してみると老人の予言の意味が判然とする。つまり老人は〈手拭が蛇になる〉という言葉に託して、人間が自我以前の無時間的世界から、ある飛躍を経て、〈経験的時間〉(＝線条的時間)の中にやがて組み込まれるのだ、と予言しているのである。それがどのような内容をもつことになるにせよ、人間はいつか必らず個我として、生成と衰退の時を両極とするある期間(＝人生)を引き受けることになるのだ、と言っているのである。しかしこれを実人生の比喩と捉える必要はない。というよりもこの話はおそらく人間の脳中の次のような〈事件〉を実人生の寓意として語ったものである。

吾人の意識の特色は一分と、一時と、一年とに論なく朦朧たる識末に始まつて明晰なる頂点に達し、漸次に又茫漠の度を増して識末より識域に降下す。かくして一波動の曲線を完ふせる時、又以上の過程を繰り返して再度の一波動を描く。（略）此故にFは必ず推移を意味す。

（『文学論』「第五編　集合的F」）

この場合の〈集合的F〉を光源として第四夜を見るならば老人はすでにある期間を経て「識域に降下」してゆくFを集約した像であり、子供はその「波動」の埒外にあるもののすべてを、つまりわれわれの〈識域下〉を埋め尽くしている無尽蔵の流動の中にあって、みずからの登場の時を待つものの一切を集約した像であることが見えてくる。(17)誰ともコミュニケーションをもたない〈立ち尽す子供〉は、「波動」（＝線条的時間）からの疎外の表象として〈F〉の消滅の瞬間に立ち合っている。そして「自分」以外の他の登場人物〈子供達、神さん、爺さん〉の、非常にくっきりとした年令層の差異が、まさに「推移」と〈繰り返される波動〉を意味するのである。

＊　＊　＊

以上の考察を概括すると、『夢十夜』というテクストは、人間の生の条件である〈関係・能力・信仰・時間〉の四種を、物語の装置として最も凝縮した形で仕掛け、人間の意識を、それらの装置によって何かが起こる〈場〉として捉えようとした試みであると、ひとまず言うことができる。この観点から冒頭に掲げた四つの分類を次のように整理し直すことができる。

①〈関係〉という装置を通して人間を捉えたもの（恋の話）
　一夜、性愛　五夜　背信、十夜　性と背信
②〈蓄えた能力〉という装置によるもの（室内の話）
　二、八夜　散漫な精神＝挫折
③〈信仰〉という装置によるもの（神仏に関する話）
　六、九夜　一心不乱な精神＝不滅
④〈時間〉を装置としたもの（真直に行く男の話）
　三、七夜　切断される生、四夜　生の波動

生命感の不滅を、信仰に基づく芸術と愛によって表現した③群（六、九夜）は、挫折する話の②群（二、八夜）と対をなしているが、〈語りの現在〉からはすでに失われたものであるが故に一層それらの不滅の感や無償性が際立つ、という風に語られている。①群の五、十夜　②群の二、八夜　④群の三、七夜は、いずれも〈関係・能力・時間〉の装置を通して、背信・挫折・切断など、いわば意識の〈不帰属感〉が炙り出されている。これらの〈不帰属の生〉は、言い換えれば生成の要素を失った、内発的なるものの不在の生の諸相である。すなわち『夢十夜』は、内発性の不在のままに、西欧への適応を強いられ続ける近代日本の奇型性が、そのまま自分自身の生の形式であったために、その奇型性を自己の文学的モチーフとし、様々な実験の場となし得た漱石の〈意識の寓話〉である。これらの諸要素の複雑化とその展開が、漱石の小説テクストを織りあげてゆく様を読者は絶えず見ることができる筈である。

注

（1）藤森清は、「父を待つ母と子の関係が、その話をする母とその子供である自分との関係に投影しているように見える」（『語りの近代』有精堂　平成八・四）と述べているが、語りの詐術に関する見解を異にする。

（2）『漱石研究』創刊号（翰林書房　一九九三・一〇）

（3）「『夢十夜』では、あるいは、性的恍惚の瞬間がその無時間性においてとらえられ…」（大石修平『感情の歴史』有精堂　一九九三・五）という指摘もこの機微に触れたものであり、長谷川泉「『夢十夜』」（『国文学　解釈と鑑賞』至文堂　一九八八・八）も第一夜にセクシュアルなイメージを読み取っている。

（4）加藤二郎『サニー・サイドアップ』所収（雁書館　一九八七・一一）

（5）『漱石論　鏡あるいは夢の書法』（河出書房新社　一九九四・五）

（6）第九夜に関して補足すべきことは、泉鏡花の『妙の宮』（明治二八年七月『北国新聞』）に、真夜中、山中の荒れた社の拝殿を「緋縮面の扱帯」で勾欄に結わえられた赤ん坊が這い回る、という趣向を同じくする場面がある。この作品は、同二十九年七月、漱石が愛読していた『文芸倶楽部』に再掲されており、第九夜の発想源の一つと見て間違いないと思われる。

（7）森山茂雄「『青頭巾』新見」（『日本古典評釈全注釈叢書　雨月物語評釈』月報　角川書店　一九六五・一〇）に示唆を得た。
（8）この注解は、昭和四〇年版『漱石全集』第十三巻に拠る。
（9）『ポオ全集3』（東京創元新社　一九七〇・一）
（10）鰻トリ、鏡、蛙、榎　入水（刹那）Excavation. 鯉、髭、神殿、豚
（11）猷山著『諸仏感応見好書』享保十一年刊（『叢書江戸文庫16　仏教説話集㈠』国書刊行会　平成二・九）
（12）「日本海に沿うて十」（『日本瞥見記』所収　明治二七）
（13）木村敏『時間と自己』（中公新書　一九八二・一二）の定義による。
（14）『ベルグソン全集5　精神のエネルギー』（白水社　一九六五・六）
（15）パシュラール『空間の詩学』（思潮社　一九六五・一）に拠る。この〈グロテスク〉の問題については、拙稿「『行人』論――現在位相からの遁走――」（『漱石・藤村〈主人公〉の影』所収　愛育社　一九九八・五）に考察がある。
（16）「『（略）僕が難有いと思ふ刹那の顔、即ち神ぢやないか。山でも川でも海でも、僕が崇高だと感ずる瞬間の自然、取も直さず神ぢやないか。（略）』」（「塵労」三十四　傍点引用者）、のような、瞬間を強調する対他意識というものは、裏を返せば自我の統一性や継続性が丸で信じられていないこと、すなわち、自己というものが一瞬毎に消滅してしまう、一郎の認識の場の危機を示しているわけである。
（17）この解釈の傍証としては、漱石が「我々の心」を「幅のある長い河と見立てる」次の例を挙げた

い。「此幅全体が明らかなものではなくつて、其うちのある点のみが、顕著になつて、さうして此顕著になつた点が入れ代り立ち代り、長く流を沿ふて下つて行く訳であります。」（前掲『創作家の態度』）

第五章

ネクロフィリアとギリシャ
──『三四郎』の身体──

一　〈血〉から〈セクシュアリティ〉へ――『草枕』

池内紀は、漱石のテクストを覗き穴の文学、と言ったが[1]〈覗き穴〉という概念は、技法的には『文学論』第四編第八章間隔論に漱石が例として引用した「アイバンホー」のように、視界を限定された視点人物によって事件を語らせるという、漱石の好んだテクスト戦略を言い当てている。『三四郎』においてこの機能を担うのは、いうまでもなく三四郎なのだが、九州から初めて東京に来たばかりという、三四郎の限定された視界（意識）が素通りするもの、言い換えれば三四郎の、見えてはいても意識が素通りしてしまう様々な現実的要素を収集し、分析することに近年の研究は関心を集中させてきた感がある。その理由を社会学的に言えば、視る主体・観察する主体の自明性がすでに疑わしいものである以上、見る者／見られる者の対立概念も揺らいでしまい、その結果観察自体の盲点が露出するからである。ニコラス・ルーマンの、視覚に関する社会システム理論を恣意的に借りれば「リアリティとして構成されているものは、結局のところ観察が観察されうるということによってのみ保証される」（『近代の観察』[2]）のだから、と言うわけである。そうであるなら、このテクストの観察者の群、三四郎、美禰子、広田先生、与次郎などに対する、それぞれの観察が織りなすネットワークを統御するもの、すなわち語り手の観察もまた「観察される」ことになる。とはいえ、〈男が女を観察する〉小説の系列が、漱石にある時期集中してあったのは事実であるし、小稿もその意味を改めて問い直す所から、この小説が孕むジェンダーポリティクス、セクシュアリティの問題化の方途を探り、明治四一年のこの時期に『三四郎』が出現したことの意味を考えたい。

〈男が女を視る〉とは、小説論の歴史において〈女に謎を見出す〉（ピーター・ブルックス『肉体作品』(3)）、あるいは〈謎を捏造する〉ことを含意した。この観点から概観するならば、漱石においてその小説群は『倫敦塔』『趣味の遺伝』『草枕』を経て『三四郎』で一つの完成形を得たと言える。視る、観察することの歴史性を考えるとき、これら〈女を男が視る〉というテーマを持つ小説の系列が漱石にあることは実に興味深い。当然のことながらそれは女を自然化し、研究　解剖し、その上で領土化してきた近代社会の〈性の政治学〉の範列に寄与する問題だからである。例えばバーバラ・ドゥーデンは、一八世紀以来、思考を整理するカテゴリーとして〈文化〉とは全く別のものとして〈自然〉が成立してきたプロセスを解説するなかで、女性は〈自然〉と同一視され「発見され、解読され、理性の光で解明されうる自然の象徴になる」。そしてこの自然概念のなかに「身体、とくに女性　子ども　けものの身体」が入れられ、この自然概念こそが一九世紀の中心的な役割を果たして来たことを指摘した（『女の皮膚の下』(4)）。この、男性（理知・文化）によって解読される女性という、いかにも一九世紀的な対立図式を示す漱石の小説に『三四郎』に先立つ『草枕』ほど格好の例はない。まさに『草枕』は、近代日本において女性の身体の発見（画工が発見するという意味ではない）という、思想史的な意味をもつ記念碑的テクストと言い得るだろう。『三四郎』について考察する便宜のために『草枕』にいち早く現れた、視る（解剖する）／視られる（領土化される）関係を確認しておきたい。

見る／見られる関係は『草枕』では演劇としての〈見立て〉というゲーム性を帯び、〈舞台で女を演じる女〉那美と、それを観察し解読する画工、という位置関係を形成している。この関係が、先のドゥーデンが述べた〈見ること〉の歴史性に照らせば、〈女性〉というカテゴリーが男によって発見（＝発明）されて来るプロセスを表象しているわけである。言うまでもなく男は理知の側に立つ観察者であって、その視線は社会と文化の意思によって作られた欲望と権力の視線である。すなわち那美さんは自ら演じて見せたのではない。那美さんの身体は、画工の眼を通して社会的に既に解釈された身体であり、その身体を介して那美さんはやはり既に解釈され済みの〈自我〉のパフォーマンスを演じているのである。言い換えれば那美さんの身体に動きを与えているものこそ画工の、〈視線の権力〉に他ならないのである。そしてこのような〈視線の権力〉が、文化と多様な生存の様式、つまり現実を作り出すのであれば、舞台の観客を気取る画工が、作り手として、社会と文化による盤石の支えをもっていることが理解されよう。視る側と視られる側の主体と客体の関係は、正確に社会的権力関係の延長上にあるのだから。画工が、時に那美さんに驚かされることが、楽しんでいることと一体どれだけの区別があるだろうか。三浦雅士は『草枕』を「笑う女の小説」と捉え、那美さんが響かせる高い笑い声に、旧い共同体的な〈笑み〉が個人的な〈笑い〉へと変容する大きな時代の変化を読み取り、新しい女を書くにあたって、そこに女の笑い声を全編に響きわたらせた漱石の炯眼を見ている。(『身体の零度』[5])しかし三浦の論は、視られる女と観察する男の関係構造が　那美さんの笑いを導き出していることを見ない。那美さんの笑い声は、画工が自分の声を聴くであろうことを確信した上での、いわば画工の眼差しに対するリアクションなのである。村人から「キ印」扱いされていた那美さんは〈新しい女〉を期待する画工の〈視線の権力〉によって〈新しい女〉として息を吹き込まれたのである。

ミシェル・フーコーは『性の歴史I　知への意志[6]』のなかで、婚姻のシステムと、主権者の政治形態と、そして身分差別と家系の価値とが支配的である前近代は「血の社会」であり「血は、象徴的機能を持つ現実」であった。それに対して近代社会は「「性」の社会、というかむしろ「性的欲望」をもつ社会」であることを反復強調している。つまり人間の身体は、血が意味するものからセクシュアリティが意味するものへと変容したわけである。そう考えられるなら『草枕』は、まさに画工の眼差しによって、キ印(血の問題)であった那美さんが、セクシュアリティで充満した新しい身体を持つ女へと変容する瞬間を捉えた小説であると言えよう。画工は、自ら声を与えた女に対し、〈その手には乗らない〉の類いのナルシスティクな防衛機制を張り巡らせつつ〈新しい女〉を享受し楽しんだ上で立ち去って行く。このように考えれば、『草枕』も鷗外の『舞姫』以来の、近代国家(中心)に帰属する男が束の間、周縁としての女を享受し、自分の生を賦活した後立ち去るという、近代の物語モデルに連なる小説に他ならないが、〈新しい女〉を、三浦雅士が那美さんの〈声〉について述べたような意味で、〈セクシュアリティに満ちた身体〉として発見したことの事件性は歴然としている。画工の視線を介して、那美さんの身体は、〈血〉という前近代を象徴するものから、個人化された〈セクシュアリティ〉が意味するものへとパラダイムシフトしたのである。

では同様に、男（三四郎）が女（美禰子）を視ることによって小説が起動し始める構造をもつ『三四郎』はどうか。『草枕』の示す見取り図は、『三四郎』にもまた、美禰子という女の魅力（謎）などが書かれているわけではないことを十分に示唆している。近年の研究が明らかにした通り『三四郎』の中にあるのも、やはり特権的な知を担う男たちによって、前近代的な女の象徴性や曖昧さをはぎ取られ、セクシュアリティに満ちた身体として創られ、楽しまれ、男たちを置き去りにするどころか置き去りにされる、近代の性の政治性あらわな〈女の領土化〉の物語である(7)。小稿は、この方向に沿って、その内実を再考するためのいささかの補助線を提示したいと思う

二　窃視のメカニズム

三四郎が東京への途上の汽車の中で出会うのが人妻と髭の男である。初めて郷里を離れる青年のイニシエーションの趣をもつこのエピソードは、「仕方がない」「やむを得ず」あるいは

「断わる丈の勇気が出なかつた」（一の三）などの反復によって、三四郎のこの件に対する受動性が印象付けられるが、すでに指摘されているとおり三四郎の受動性は三四郎がうぶであることを表すのみではない。女を誘惑者と視ることが「三四郎の自意識の制約」(8)によるもの、という説が、うぶな青年と誘惑する人妻、という出来合いの図式をすでに無効化しているが、この場合の「三四郎の自意識」を詳細に検討してみることは、この後の「三四郎」理解を決定する重要性をもつ。「三四郎の自意識」の核心を正確に言うならば、三四郎は女のセクシュアリティを見極めたかった、ということに尽きる。つまり三四郎は、やむを得ず成り行きに引きずられる態を自ら装いつつ、女の出方、女の振る舞いに対して曖昧な、どのようにも受け取れる態度で応じつつ、遂に予測通りの結果を、すなわち女が自分と同衾する意思があることを確かめたのである。受動的に振る舞うことが、相手を観察しようとするこのような場合にもっともふさわしい戦略であったことはいうまでもない。しかし翻って女の立場から見れば「五分に一度位は目を上げて」（一の二）自分を見ていたこの学生らしい男が、宿で一つ蒲団が敷かれるまで、二人が連れではないことを宿に示すための何のリアクションも起こさないことから、三四郎が女に感じたのと同様に、女もまた男が自分に性的に接近して来ている、と感じたはずである。「思ひ切つてもう少し行つて見ると可かつた」（一の五）という三四郎の述懐は、明らかに〈行つてみよう〉という好奇心に従って三四郎が行動していたことを明かしている。女が入浴している間に宿帳を出され、夫婦として記帳した上それを女に黙っているところなどに三四郎の窃視的な心性がありありと透けて見える。(9) 下女が宿帳をもって来たとき、三四郎にその意志があれば事情を話して女と別の部屋に泊まることは可能だったはずであるから、宿の方で布団を一組しかもって来なかったのも、三四郎があえて夫婦を装った結果である。女の側に立てば、用を済ませて部屋に帰って来て一組しか敷かれていない布団を見た時、それを三四郎の計らいととったとしても少しも不思議はない。しかも三四郎は女に、宿が布団を一組しか持って来ないのだと説明もせず黙って女の態度を〈窃視〉している。女はその時、当然三四郎の視線を強く意識したであろう。そして成り行きに任せようと、つまり性的な関係を受容する覚悟をもったと思われる。ともあれ一つ蚊帳の中に寝ることになったこの状況に対して「御先へ」といって「向の隅」に休もうとした女の態度は確かに「度胸」があったと言いうる。それなのに三四郎は、今更のように突然、子どもじみたやり方でリアクションを起こし女を侮辱する。タオルで布団に境界を作るなど、自分をことさら性的に潔癖であるかのように振舞うことが、ここに至るまでの経緯から見て、女に対する侮辱であることに三四郎は全く鈍感である。既婚の庶民の女と、世慣れない若い知的階層の男、という対の図式そのものが、男の性的潔癖さの証ででもあるかのように、既成の文化的コードが三四郎のためにそして読者のために自然に発動する。男のファルス的視線によって、一方的に性的にルーズな女の如く扱われ足を掬われたのは女の方であって、「余程度胸のない方ですね」(一の四)という、女の精一杯の仕返しも、すでに若い男に対してさんざん言い古されて来た決め台詞であってすこしも事の本質を、すなわち三四郎の、社会的コードに身を潜めた狡猾さを突くことができていないところにさらなる女の哀れさがあると言わねばならない。しかも三四郎は相手を傷つけた自責の念を全く持たずに幼児的被害者意識に浸ることができ、この直後に登場する〈髭の男〉によってたちまち癒される。時代の花形である〈エリート青年〉を支援する社会の欲望としてのホモソーシャルなネットワークがすかさず動員され、三四郎はその中に身を委ねることができるが、女にはこの場合、癒されるべき文化コードはない。社会的弱者の痛手には名が付かないのである。

三四郎の女に対するまなざしは、終止隠れて他人の秘密を覗こうとする窃視症的なものであることは言うを俟たない。ピーター・ブルックスは、認識の原理と、世界に向けて視線が発せられるその起点は男性のもので、視られ、ベールを剥がされて裸にされるべきものは、繰り返し女性として擬人化されてきた西欧哲学の伝統を前提とした上で、フロイトの『性欲論三篇』に触れつつ、一七世紀以降の、官能的なものと認識上のものとの意味論的重なりを強調する。視ることへの性的エネルギーの備給は、そもそもの始めから知ることへの性的エネルギーの備給と解きがたく結ばれており、「他者としての女を見ることは、自己に関する真理を得るために必要である」（前掲『肉体作品』）と、〈視線〉の歴史性について説明する。[10] すなわち三四郎のまなざしが、性的エネルギーの備給を伴っているのは、「ヴィクトリア朝の『わが秘密の生涯』の氏名不詳の著者」が女性器を視ることに執着したのと同様に「自己に関する真理を得るため」の必要という、一七世紀以来の、近代の自由思想に基づく歴史的なまなざしの長い伝統に根ざしているのである。したがって女と実際に性行為をする必要は全くない。女が自分を性的に受容すると見極めさえすれば〈自己に関する真理を得る〉という三四郎の目的は達せられたのであるから、あとは身を翻すだけである。繰り返せば、〈知ることは所有したこと〉に等しいのである。後述するが、女のセクシュアリティを露わにさせた後、身を翻す、という三四郎の女性に対する身の処し方は『三四郎』に登場する男性たちに、あるいは漱石的主人公たちに普遍的な心性であると言えよう。

『三四郎』はこのように、男が女を観察する、長い伝統に対する批評性をも併せ持つ、いわば〈観察〉という権力についての物語なのでもある。視線とはすでに視覚の問題ではなく、先述したように社会の持つ眼差し、すなわち権力と制度に関わる問題だからである。『三四郎』は「女の謎」に付いてではなく〈「女に謎を見出す」ということについて〉の小説なのである。

三　性教育

汽車の女は、試された状況にあって自意識過剰な狡猾さと傲慢さを露呈した三四郎に「余程度胸のない方」という言葉で報いたのだが、三四郎がなぜそれにかくも激しく動揺したのか、には理由がある。郷里の母から三四郎に宛てた手紙に次のような文章があるのは、この事件との関係からも看過し難い。母は、「御前は子供の時から度胸がなくつて不可ない。度胸の悪いのは大変な損で（略）」（七の六）と、三四郎の気の小ささを言い当てている。母の自分に対するこのような認識は、当然三四郎が上京する以前からのものであったはずである。つまり「度胸がない」は、母に由来する言葉なのであり、三四郎の深い衝撃は、先ずはじめに〈母の呪縛〉があったためと推測できるのである。ここで重要な問題は、汽車の女がヘテロセクシュアリティに属していることと、それがまぎれもなく、〈度胸がない〉という批判を通して母なるものへと二重化されていることである。[11] 三四郎は美禰子にも「呑気な方（＝鈍感）」（八の六）と揶揄されている。気が小さいことも、鈍感であることも、共に異性愛へと三四郎を誘おうとする女たちからの非難である。よし子を例外として、母を含めた『三四郎』の女たちは、からかいや叱責によって三四郎のセクシュアリティを異性愛へと誘導しようとし、それに対して三四郎は魅せられかつ怖れ、つまるところ立ちすくんでいるわけである。三四郎が汽車で出会うもう一人の人物〈髭の男〉は、自分自身のセクシュアリティを暗示することによって、また〈知〉の魔力を垣間見せることによって三四郎を女の呪縛から解放しようとするのである。ここで仮説として、三四郎が汽車の中で出会った二人の人物、人妻と〈髭の男〉を〈異性愛者〉と〈同性愛者〉としてカテゴライズしてみると見えてくるものがある。

　前出石井論文は、汽車の中で〈髭の男〉が三四郎に語ってみせるレオナルド・ダ・ヴィンチを、この小説全体のキイワードとして、ダ・ヴィンチを〈桃を食べる髭の男〉広田のメタファと捉え、同性愛者広田の性的アイデンティティを明示した上で、ダ・ヴィンチの名画「洗礼者ヨハネ」の両性具有のイメージに言及しつつ、広田の両性具有者としての〈魔性〉を指摘した。それを前提として、〈知と少年愛〉の象徴であるプラトン、ダ・ヴィンチ、広田という三人の〈髭の男〉の系譜についての考察によって、『三四郎』における「偉大なる暗闇」広田の隠された役割、すなわち広田こそが〈野々宮をめぐって争った美禰子との綱引きゲーム〉の勝者であることを明らかにしている。

女たちに対峙する広田は、得意とする哲学的、批評的言説をいったん括弧にくくってみると、意外なことに野々宮などに比してもずっと身体性が際立たせられている人物で、その点で、汽車の女や美禰子と並ぶ。まず広田は桃を食べる男として登場し、ストーリーに関係しない「馬鹿貝の剥身」を食べる場面、あるいは〈柔道の寝技〉をおそわる場面など身体にまつわる箇所が印象に残る人物なのである。桃、貝は、ともに古くから女性の性的メタファとして知られるもので、したがって広田のこの二つの、食に関する場面は、他者（女）を自分の身に取り込むカニバリズム的行為と見なしうる。さらに後述するが『三四郎』という小説は、したたかに性的なメタファで彩られていると言っても過言ではない。〈髭の男〉は、女性（桃、貝）を身内に取り込む場面によって両性具有的な、超越的セクシュアリティを持つ独身者として登場していることを示しており、三四郎との関係においては、自分と同様に〈桃を食べる〉ことを勧める人物であるとひとまず規定できる。その上で広田は、女によって萎縮させられた三四郎にロゴス的世界への通路を示唆し、女の呪縛からの解放を促す。広田が三四郎に与えようとする、その方向性は、汽車の場面にすでにすべての輪郭を露わにしている。

ドロシー・ディナースタインは、フロイトのエディプス理論を批判的に突き詰め、西欧の伝統が、父性的な原理を母性的なるものの上に位置づけようとして来たことの理由を次のように説明する。すなわち「揺籠を揺らす手」（『性幻想と不安』[12]）が女であったという事実、幼児にとって最初の肉体として現れるのが女性であるという事実に人間の不安は胚胎する。すなわち無力な赤子の願望は、気まぐれで不完全な絶対者である母親のために不可避的に崩壊せざるを得ない。その恐怖・幻想・苦痛が男を脅かし、深い女性嫌悪を根付かせる。このため男は女を抑圧し、その支配下からなんとか脱しようとする。したがって、女に対する男の関係の根源的なレベルにおいて、幼い時の母親に対する崇拝と軽蔑、感謝と貪欲、愛情と敵意の、両者が含まれるに違いない。男がその不安定感を処理するための方法は二つある。その一つは、葛藤する要素を、〈情愛的なもの〉と〈官能的なもの〉との二種類に振り分けることである。そうすれば肉欲は、怒りのこもった略奪的な衝動のすべてを引き受けることになり、女に対する男の愛の信頼的、保証的側面（女に対する親密さ）は、そこから切り離しておかなければならなくなる。二番目の方法も、結局は〈私的な感情〉と〈公的な感情〉とを二極化させることにあり、いずれにせよ、男性は自分を全的な感情存在から、部分的な非感情的存在に置き換えるのである。それは自分のものでない神秘的で力強いすべてのものに対して男は魔術的感情を持っており、それは幼児期の、母の全能へのアンビバレンツな感情においてあらかじめかたどられたものであること、それに対する反逆が深い女性嫌悪の源泉に他ならぬということである。

母親との絆は、男同士の絆を妨げる障害なのである。一九七〇年に発表されたこのディナースタインの説は、後述するように、〈髭の男〉広田のセクシュアリティの特質を考える時の枠組みとして大変示唆的である。この説明を背景に、車中の出来事を総括してみると、女との関係を通過儀礼として、擬似的な父が、嫌悪と畏怖の対象である母と女に未だ取り込まれている三四郎をもぎ放し、象徴的性格を持つ文化的価値の中に三四郎を連れ出し、それによってもともと極めて不確かな父―子関係の樹立を企てようとするものと解釈できる。この〈髭の男〉の企ては、理知的、抽象的、知性的なものの特権化によって、感覚的知覚的には証明され得ない父―子関係を樹立して来た西欧の知の伝統をなぞるものでもある。

〈髭の男〉広田がこのような意味で西欧的な擬制としての父を演じていることは容易に見て取れるのだが、〈父〉たる広田もまたセクシュアリティに満ちた身体であることは強調されなくてはならない。〈同性愛〉という語に対して我々が直ちに抱くイメージは、すでにキリスト教文化によって〈変態〉という周縁化された性指向として刻印されてしまったものだ。しかし後述するように、〈髭の男〉が自己の身体解釈の正当性の根拠とするキリスト教以前のギリシャ文化において、エリートたちの〈常識〉であった同性愛の概念は根底から意味が異なっている(13)。それは異性との肉欲的愛を軽視し、学問芸術を媒介とした男同士の精神的な絆に至高の価値を置くものであった。ジェイ・ルービンは広田の役割を、現在に「過去の影を投げかけるもの[14]」と、概括したが、その過去なるものは氏の言う道学者的な「近世的道徳規範」ではなく、「ギリシャ文化の影」と捉えることをテクストは要請している。そしてこの冒頭の汽車の中での出来事は、後述するが、〈髭の男〉（同性愛者）と女たち（異性愛者）が、双方から三四郎にセクシュアリティの教育を施す物語であるという『三四郎』の新たな解釈の絵解きとなっているのである。

四　ギリシャ／〈女の謎〉から〈男の謎〉へ

広田の身体解釈やセクシュアリティは入念に書き込まれている。広田のセクシュアリティの背景は、繰り返せばプラトン『饗宴』の中で登場人物の一人、アリストファネスが称えたような、生殖を目的としない、男同士の愛情を至福のものとするプラトニズムであり、広田はカリスマとして野々宮や与次郎のような心酔者を自分の周囲に集めるのだが、広田をめぐるこの男性共同体は次のような歴史的文脈のうちにある。田中英道『レオナルド・ダ・ヴィンチ[15]』には、一四六〇年代に、メディチ家お抱えの哲学者フィチーノによって『プラトン著作集』の翻訳や『饗宴』の注釈などが出版され、注釈は一九歳の美少年ジョバンニ・カヴァルカンティに献じられたことを伝えている。そしてこれらプラトンの著作が出版された社会的状況として、フィチーノを中心人物とした若き知識人たちが「メディチ家の別荘にあるカレッジ（プラトンアカデミー）に集って知的議論を闘わせていた」という事実[16]がある。またナチズムに至るドイツ史を中心として、近代市民社会におけるナショナリズムとセクシュアリティの関係を考察したジョージ・L・モッセ『ナショナリズムとセクシュアリティ[17]』は、ドイツ語圏の大詩人シュテファン・ゲオルグとその周囲に集ったドイツの若い知識人たちのサークルなどの、ホモ・エロティシズムに満ちた男性同盟は、いずれもギリシャ文化とギリシャ的男性美を称揚しており、それは英国ヴィクトリア朝においても変わりはなく「ギリシャ青年のイメージに依拠した男性の理想は、男性共同体たる男性同盟に内在していた」ことを詳述している。またモッセは一九世紀の視覚中心的な時代の到来によって「戦士であれ、ギリシャの神であれ、若きジーグフリードであれ」理想的な男性像が裸体で描かれることが多くなり、男性の外見の容姿、すなわち男性美の重要性が増していったことを例証する。

日露戦後の、広田を盟主とする男性共同体は、直接的には、このような一九世紀から二〇世紀にかけての西欧のナショナリズムの高揚のなかで生まれたルネサンス以来の、ギリシャを理想化する知的男性共同体の歴史を背景としている。当然のことながらそれはキリスト教文化圏が名付け罪悪視したものと起源を異にする。またイヴ・K・セジウィックも、一九世紀、ロマン主義のなかで、ドイツと英国両方の文化において古代ギリシャが再発見されたこと、そして特にヴィクトリア朝のギリシャ崇拝は「喜びの主体または対象であるような身体を表示する事例として」「裸身の若者の影像によって提喩的に表象される傾向があった」（『クローゼットの認識論』）と述べる。[18] 広田は、野々宮や与次郎に比べても、西洋人風な風貌であることを始めとして、ものを食べる場面や容貌、体格への言及が多く、〈柔道の寝技の型を教わる〉ということさら身体性を強調する場面が設けられてもいる。決して哲学的思考や観念性のみが広田像の主要な要素なのではない。また広田の〈哲学者・独身者〉という属性は、美少年愛のギリシャとの関連からいずれも徹底的な女性嫌悪の合意作用としてテクスト内で機能している。[19] そのような広田が美禰子と野々宮の関係にどのように関わろうとしていたか、は尽きせぬ興味を呼ぶ問題であるはずだが、しかし不思議なくらいに等閑に伏せられて来たのである。あたかも広田はそうした俗事には関わらない脱俗的な人格でもあるかのように。

菊人形見物から美禰子と三四郎が抜けて小川のほとりで休息していた時、唐辛子の蔭から現れ、二人を〈明からさまな憎悪の目で〉にらんで通り過ぎて行った「洋服を着て髭を生やした「年輩から云ふと広田先生位な男」（五の九）を、広田のメタファと見る先行研究に、川崎寿彦、前述の石井論文などがあり、どちらの解釈も示唆的であるが、[20] それらに付け加えるに、ここに表向きの哲学者的風貌の裏に秘められた広田の、性的不安定性を指摘しておきたい。〈広田先生位の年格好〉の男と二人の男女が川を隔てて対峙するこの場面は、ギリシャ文化を背景とするホモセクシュアリティと、制度化された近代のヘテロセクシュアリティが、憎み合いせめぎあっていることを示す隠喩的構図である。美禰子が二匹の子羊を狙うサタンの絵を書いたことは、美禰子が広田のなかに紛れもなくサタンの要素を見出していたことを明かしている。

つまり野々宮と自分との関係の障害となっているのは広田であることを美禰子は感受している。少なくとも菊人形の場から一人で出ようとした時にはその確信があったことは、後を追って来た三四郎との問答からも理解されよう。三四郎の「里見さん」という呼びかけに対していつまでも「何も云はない」ことや「左も物憂さうに」三四郎を見る眼差しが、これが〈野々宮であったなら〉という美禰子の失望を暗示する。その時美禰子は三四郎の向うに、先刻見たばかりの、野々宮を放そうとしない広田の存在を感じているはずである。

菊人形見物の、わずかの間の美禰子の急激な変化は、野々宮と自分の間には、広田という強力な障害があることを思い知ったためであると推測できるのである。そして自分が到底広田の引力にかなわないことも。前掲石井論文がすでに指摘したように美禰子が広田の存在の大きさに気付く事によって、つまり広田への敗北感によって野々宮を諦めたことは、美禰子が「髭をきれいに剃つている」（＝髭のない男）人物と結婚したことで判明する。〈髭のない男〉とは、言うまでもなく〈髭の男〉広田を強く示唆すると同時にまぎれもなく、広田の影響下にない男を意味する。美禰子の伴侶となった人物に、ことさら〈髭のない〉ことが強調されなければならなかった意味は広田と美禰子に潜在する敵対性を考慮することで理解できる。美禰子の目に映るサタンとしての広田と、三四郎の目に映る「眼前の利害に超越したなつかし」（七の二）い笑いで三四郎を魅了する広田像、この双面の揺らぎに〈髭の男〉の魔性が潜むのである。

美禰子の結婚に関する広田の次のような意見は、〈新しい女〉美禰子像を印象付けるものとして、そして広田の知見を示すものとしてしばしば引用されて来たものである。

原口「（略）あの女も、もう嫁に行く時期だね。どうだらう、何所か好い口はないだらうか。里見にも頼まれてゐるんだが」

広田「君貰つちや何うだ」

（中略）

広田「あの女は自分の行きたい所でなくつちや行きつこない。勧めたつて駄目だ。好きな人がある迄独身で置くがいゝ」　（七の五）

広田の発言はおかしい。広田は原口の問いを利用して広田自身の願望を述べている。原口は美禰子に「好きな人」がいる、いないではなく、「何所か好い口」がないか、つまり結婚相手として「適当な人」がいないか、と問うている。その原口に、広田は美禰子には現在〈「好きな人」がいない〉、と答えているのである。広田は美禰子に「好きな人」がいるのかいないのか知らない、とは言っていない。広田の発言は、広田が美禰子のことをよく知っていることを前提としており、その上で現在美禰子には「好きな人」がいない、だから放っておけ、と言うのだ。すると次のような解釈が自然に成り立つ。つまり広田は、美禰子の「好きな人」が野々宮であることを知っているからこそ、野々宮と美禰子が「適当な」カップルとして結びつくことのないように周囲を牽制しているのだ、と。「好きな人がある迄独身で置くがいい」という言葉と全く矛盾する原口への軽口「君貰つちやどうだ」も、当然、その意図に基づく発言である。[21]引越の時、あるいは菊人形見物に出かける時の「空中飛行器」の問答など、広田の目の前で行われた、美禰子の野々宮への媚態に広田が鈍感であるはずがない。広田が原口に答えたもっともらしい言葉の主旨は、したがって美禰子のことは〈放っておけ〉ということに尽きるのである。そして広田のこの思惑こそが美禰子から野々宮を遠ざけ全く別の男と結婚させた、間接的ではあるが決定的な動因となったのである。

広田は野々宮を結婚させたくない、少なくとも美禰子とは。三四郎は「野々宮さんに尤も近いもの」（七の二）は広田である、と認識している。「だから先生の所へ来ると、野々宮さんと美禰子との関係が自ら明瞭になつて来るだらう」との極めて自然な思惑のうちに広田を訪ねた三四郎と広田の間に次のような会話が交わされたことにも注目したい。ここにも広田の意図は明瞭である。


「野々宮さんは下宿なすつたさうですね」

「え丶、下宿したさうです」

「家を持つたものが、又下宿をしたら不便だらうと思ひますが、野々宮さんは能く……」

「え丶、そんな事には一向無頓着な方でね。あの服装を見ても分る。家庭的な人ぢやない。

其代り学問にかけると非常に神経質だ」

（略）


「奥さんでも御貰になる御考へはないんでせうか」

「あるかも知れない。佳いのを周旋して遣り玉へ」

三四郎は苦笑をした。余計な事を云つたと思つた。すると広田さんが、

「君はどうです」と聞いた。

「私は……」

「まだ早いですね。今から細君を持つちやあ大変だ」

「国のものは勧めますが」

「国の誰が」

「母です」

「御母さんの云ふ通り持つ気になりますか」

「中々なりません」

広田さんは髭の下から歯を出して笑つた。（略）三四郎は其時急になつかしい心持がした。けれども其なつかしさは美禰子を離れてゐる。野々宮を離れてゐる。三四郎の眼前の利害には超絶したなつかしさであつた。


（七の二　傍点引用者以下同様）

かくも詳細に二人の会話が辿られていることの主旨は何か。ここに広田の秘めた意志が露呈していることを示すためである。重要なのは、広田が野々宮を「家庭的ではない」、つまり結婚に向かない、だから野々宮の結婚のことを考えるには及ばないと三四郎に説明していることだ。だから「奥さんでも御貰になるお考へはないんでせうか」という三四郎の切実な問いに関しては「佳いのを周旋して遣り玉へ」と冷淡に切り返して三四郎を後悔させている。その直後、野々宮の話題を打ち切って話題を三四郎に転じ、「結婚を勧め」る者が母親であることを「国の誰が」と問いを重ねて確認し、三四郎が母の勧めに応ずる意志が当面ない事を知ると「奇麗な歯」を出して笑い三四郎を魅了し「眼前の利害」から解放したというわけである。「結婚を勧める」母親のコードはこの後、広田が三四郎に語るハムレット談義に受け継がれて行くことになる。篇中で、広田が野々宮と美禰子の結婚についての考えを述べているのは、原口との問答の場面とこの場面との二箇所だけである。叙述は、克明に二人の問答を示すことによってさりげなく、美禰子の敵対者としての〈髭の男・暗闇〉の輪郭を明らかにしている。

『三四郎』において〈読まれるべき謎〉は〈女性の身体〉から〈男性の身体〉へとパラダイムチェンジしているのである。なぜなら〈美禰子の謎〉とは三四郎にとってのものでしかない。一方、野々宮の研究が「光線の圧力」としてはっきり見えているのに対して広田の研究は誰にも見えない。

三四郎は敷居のうちへ這入つた。先生は机に向つてゐる。机の上には何があるか分らない。高い脊が研究を隠してゐる。（七の二）

広田の研究がギリシャに関するものであることは十分に推測できよう。「偉大なる暗闇」の謎はかくのごとく読者を挑発して止まない。

このように見て来ると広田が三四郎に語った例の森の夢にしても、ロマンティックな外貌とは別のものが見えて来る。「大きな森の中を歩いて居る」（十一の七）時、二〇年前に唯一度会った少女に再会したというこのエピソードは、何故広田が独身なのかという、三四郎の広田への強い関心の中でのみロマンティックな装いを持つのであって、この話を夢として三四郎に語る広田の真意はまるで別のところにある。だから広田はその三四郎の問いを速やかに退けている。

「その為に独身を余儀なくされたといふと、僕が其女の為に不具にされたと同じ事になる。」（十一の八）

そして男が結婚しない理由の例としてハムレットの母と「父は早く死んで、母一人を頼に育つた」男が、母の死に際に、父親として見ず知らずの男の名を告げられる話の、二例を挙げる。これらは、どちらも性的主体を持った女に生を与えられ、その権力下に置かれた子供の受難の形を表すものであり、先述したディナースタインの、家父長制を、不完全な母の絶対的権力に対する息子の報復、あるいはその回避を目論むものとする精神分析学の解釈を裏付けている。すると女が一二、三の少女のままでいることの意味も判然とする。女は絵で、男は詩、などの抽象的な問答はさておき、広田の夢の女は永久に母とならない女であることが肝心な要素なのである。それを三四郎に示唆することによって三四郎を、成熟した男女の関係から遠ざけようとする性教育こそが、この夢のエピソードの含意するところである。[22] 広田が、女に煩悶する三四郎を、女を不要とする他の世界を指し示す事によって解放する場面は、汽車の中、野々宮の結婚の話題（第七章）、そしてこの場面を入れて三回繰り返され、近代日本の〈異性愛規範〉の世界に、〈ギリシャ的な同性間の絆〉が及んでいくことこそが『三四郎』の基本構造であることを示している。

　森の中の出逢い、という広田の夢のシチュエーションは三四郎に、森の中での美禰子との出会いの時の光景を連想させたであろう。しかしその美禰子が〈官能に訴えてくる〉女であることが、永遠に成熟しない夢の少女によって差異化されている。ところでこの〈三四郎——美禰子〉、から〈広田——少女〉へと反復され、更新される、〈出逢い〉の場面が示唆するものは、第三章二で、三四郎が初めて大学の文学論の講義に出る場面にすでに〈解かれるべき謎〉として仕掛けられていたのである。文学論の教師が、黒板に書かれた「Geschehen」（事件）と「Nachbild」（模造）というドイツ語を「笑ひながらさつさと消して仕舞つた」時、三四郎が

「之が為に独逸語に対する敬意を少し失つた様に感じた」（三の二）というエピソードが語られる。このエピソードこそがテクスト全体に一つの範形を見ることを読者に促している。つまり〈事件〉とは、三四郎と美禰子の出逢い、つまり現実の出来事、と自然に解釈できよう。では〈模造〉とはなんであろう。ここでも暗示されているのは疑いもなくプラトニズム、つまりプラトンのイデアの説である。久保勉訳による『饗宴』の「序説[23] 二」に、イデアについて訳者がわかりやすく解説しているので参照したい。「霊感に動かされた先達の導きの下に正しき途を進む者においては、そのエロスは漸次に進歩の段階を昇る」「人間はエロスに駆られて美が関与する経験のあらゆる段階を通過する。」その「探究過程」は「比較的物質的な対象から比較的非物質的な対象へと」上昇してゆき、最終的に「唯一絶対の神々しき美のイデヤ」を体験するに至る。したがって「換言すればエロスは哲学的推進力」であることになる。ここに「あなたは美しい方へ美しい方へとお移りになる」という少女の言葉が、〈肉体の美〉のような物質的感性的な美から始まって、〈非物質的な唯一絶対の美〉へと至る広田のエロス、すなわち「哲学的推進力」を指し、さらにそこに「先達の導きの下に正しき途を進む者」に示されるように、男同士の、導くものと導かれる者との教育体系を含むプラトニズムを称揚したものであることが見えて来る。つまり広田が語る、少女（成熟しない女）と再会する夢想は、観念的に昇華されたプラトニズム、すなわち郷愁を伴う〈理想〉を示し、それに対して三四郎と美禰子の〈出逢いの現実〉は、被造物としての不完全さに満ちた〈模造品〉であると、テクストは示唆するのである。

男同士の愛が学問・教育と結びつき権威化されるプラトニズムは『三四郎』読解のための重要な項目であるが、その重要さはテクストの戦略として重要であるばかりではない。例えば大越愛子は、このような『饗宴』の記述から、女性が生殖の力によって偉大であった古代オリエントが、秩序的父性原理を代表するギリシャに敗北してゆくプロセスを読み取っている。「男から男へと伝えられるエロスこそ彼らによって語り継がれる愛の言葉だったのである」(24)。検討してきたように広田はまさしく、生殖する女の力を抹殺する事によって、学問・教育と結びついた男同士の愛の結束を固め「権威化」しようと暗躍する「暗闇」、〈森の王〉なのである。この『三四郎』の「森」には、妖精の王オベロンが妃ティターニアと美しい印度の少年を取り合い勝利する物語、シェイクスピア「真夏の夜の夢」のギリシャのアゼンスの森がイメージされているであろう。「いたずら者」と広田に再三いわれる与次郎の典拠はオベロンの従者、妖精パックであろう。ギリシャが『三四郎』に深く浸透していることはこのようにシェイクスピアを回路として見ることもできる。

プラトニズムはテクストに遍満する。例えば広田が三四郎に語る夢の話の冒頭の「何でも大きな森の中を歩いて居る。あの色の醒めた夏の洋服を着てね、あの古い帽子を被つて」に続く

さう其時は何でも、六づかしい事を考へてゐた。凡て宇宙の法則は変らないが、法則に

支配される凡て宇宙のものは必ず変る。すると其法則は、物の外に存在してゐなくてはならない。（十一の七）

という哲学的思念は『パイドロス』[25]の次の部分が典拠とみて間違いないであろう。ソクラテスと若い友人のパイドロスが、蝉の声だけが聞える静寂なイリソス川のほとりで、魂の不死や愛（エロス）について語り合うなかでソクラテスが次のように述べる。

ところで始原とは、生じるということのないものである。なぜならば、すべて生じるものは、必然的に始原から生じなければならないが、しかし始原そのものは、他の何ものからも生じはしないからである。じじつ、もし始原があるものから生じるとするならば、始原でないものからものが生じるということになるであろう。

『三四郎』において、ギリシャ的な知的優位を女に誇るこの男性共同体の絆の前に、女たちの願いであるヘテロセクシュアルな愛は、次章に述べるようにホルモンの問題へと矮小化され嘲笑されている。また『三四郎』には、ギリシャ文化称揚の必然として、〈魂と肉体の統一〉への憧憬も織り込まれている。キリスト教は、魂と肉体を敵対する物として分離し、〈肉体〉を女性の身体のみに凝縮させてしまうとともに、その肉体を猜疑と禁止と堕落の領域に貶めてしまった。女性の身体は、男性から絶えず猜疑のまなざしをそそがれるものとなったのである。その世俗化された偽善的なキリスト教的婦徳が明治末の女学校教育の普及に伴い、歪められ一般化され、社会に未婚の女性を性的な意味で監視する眼差しが浸透し、若い女性を脅迫的に結婚に追いやるなど、不当に抑圧していった社会的現実の中にまさに小説『三四郎』は出現しているのである。

広田が三四郎に語ってみせるハムレット的世界への批判には、このような意味において、美禰子に象徴される偽善的な西欧近代の異性愛文化と、それを歪曲して受容した近代日本の性体制への悪意が込められていると見なければならない。広田が結婚しない理由に、性的主体としての母に翻弄される息子の受難の話を当てはめる必要はない。広田は〈なぜ結婚しないのか〉という三四郎の問いに答えているのではなく答えるつもりもなく、〈魂と肉体〉の合一の理想を失った近代社会の異性愛結婚は、たえず「ハムレット」的な裏切りを胚胎するのであると、ギリシャのエリートたちのように三四郎を教え導いているのである。男の〈精神的な生殖能力〉の認識へ三四郎を導こうとする、広田の教育は、ソクラテスの名高い次のような女性嫌悪に裏付けられている。「僕の心得ている産婆取の術には、いま言った産婆たちのもっているほどのものはみな所属していて、ただ異なるところとしては、男たちのために取上げの役をつとめるのであって、女たちのためではないということ、しかもその精神の産をみとるのであって、肉体のをではない、ということがあるのではあるが（略）」（プラトン『テアイテトス』）[26]。広田のもとに通う〈女弟子〉である美禰子の知的欲求に対して広田が師としていかに冷淡であるかは、すでに中山和子が論及している。(27)

五　〈椎〉と〈松〉

「是は椎」（二の四）という言葉は、三四郎と美禰子の共有の記憶としてテクストの中で印象深く響いている。この響きはどのような機能としてテクストに表れているのかを、修辞的に検討したい。椎の木は、周知の如く受精する臭気が強烈で、図鑑で見ると雌雄異種で、興味深いことにこの時期、東大構内には椎の受精する匂いが立ちこめると聞く。つまり「是は椎」は、換言すればホルモン分泌の喩である。ドラマティックな期待が寄せられる男女の出逢いの場に、このシチュエイションがあえて選択されていることの意味は、〈青春のドラマ〉をホルモンの問題に還元、矮小化しようとする作者の痛烈なアイロニーに他ならない。ではギリシャを自らの身体解釈の根拠とする広田のセクシュアリティにはどのようなレトリックが用いられているのか、という問題はさらに興味深いものがある。広田は東大の〈校門の風景〉と共に描写されることを特徴とする人物である。そこに現れるのは松である。

講義が終ってから、三四郎は何となく疲労した様な気味で、二階の窓から頬杖を突いて、正門内の庭を見下してゐた。只大きな松や桜を植ゑて其間に砂利を敷いた広い道を付けた許であるが、手を入れ過ぎてゐない丈に、見てゐて心持ちが好い。（略）野々宮君の先生の何とか云ふ人が、学生の時分馬に乗つて、此所を乗り廻すうちに、馬が云ふ事を聞かないで、意地を悪くわざと木の下を通るので、帽子が松の枝に引つかゝる。（略）正門前の喜多床と云ふ髪結床の職人が大勢出て来て、面白がつて笑つていたさうである。

（三の二）

寒い往来は若い男の活気で一杯になる。其中に霜降の外套を着た広田先生の長い影が見えた。此青年の隊伍に紛れ込んだ先生は、歩調に於て既に時代錯誤である。左右前後に比較すると頗る緩慢に見える。先生の影は校門のうちに隠れた。門内に大きな松がある。巨人の傘の様に枝を拡げて玄関を塞いでゐる。三四郎の足が門前迄来た時は、先生の影が、既に消えて、正面に見えるものは、松と、松の上にある時計台ばかりであつた。此時計台の時計は常に狂つてゐる。もしくは留つてゐる。

（十一の四）

「野々宮君」との関係や「若い男の活気」との配合のうちに語られている広田が門内に消えた後に残像として強調されるのは〈巨人のように枝を広げる松〉と、〈常に狂うか、もしくは留っている時計台の時計〉である。松は椎と異なって雌雄同株で、しかも常緑樹である。つまり松は、〈貝と桃を食する〉広田の両性具有性の、自己完結性の換喩として美禰子の「椎」と対応している。(28)巨人のように得体の知れない影を投げかける広田のセクシュアリティは、受精する椎（美禰子のセクシュアリティの喩）に対する松と、狂った時計の喩として暗示されている。松と狂った時計によって表象されるセクシュアリティを、〈自己完結性（両性具有性）・過剰・逸脱〉と見る事ができるとすれば、それは明らかに、時代の性体制に対する批判的なメッセージ性を帯びている。

お茶の水女子高等師範で教鞭をとったアリス・ベーコンが「死のような自然(29)」さと表現した、明治後期の若い女性たちの宿命付けられたような結婚観について、黒岩涙香は別様に批判している。「今の世の女に通有の特性」として「縦しや其の夫が人格に於て下劣であつても、又自分を虐待する様な人であつても又其れが為に心の中に夫に対する多大の不平不満を懐いて居ても兎にも角にも未婚の女よりは自分の方が、人生に於て何か手柄を現はして居る様に感じ、一種の誇りを持するのである。（略）斯かる心が孰れの婦人の胸中にも潜んで居ればこそ、婦人は殆ど夫を選択する時間をすら俟つこと能はずして『人生、婦人の身となる事勿れ、百年の苦楽他人に頼る』とまで歌はるゝことにもなる。」（『予が婦人観(30)』傍点引用者）と。女性の絶望が深く滞留している、時代のジェンダーポリティクスに涙香が全く無頓着である脳天気さを差し引いても、性の婚姻化が、性急に社会を覆い尽くそうとする時代の奇怪さを危惧していることは疑えない。(31)広田は、人間の性現象の総体を、〈異性愛による婚姻〉へと矮小化局部化してゆく近代国家に対して〈婚姻化されない自由な性〉を主張していることになる。[32]西欧近代のキリスト教文化を、性の快楽を汚れたものとして結婚という形式のみに帰属させ「自然的人間に耐えがたい貞節を強制する」[33]偽善的なものとして。

したがって広田と美禰子は、前章で述べたように、同性愛がエリートのものであり、それゆえホモソーシャルな欲望とホモセクシュアルな欲望とが少しの矛盾もなかったギリシャ的理想と、それらを悉く分断してしまった近代キリスト教的異性愛主義との敵対性として、すなわちヨーロッパにおける東西の思想的対立として敵対している。[34]サタンに擬せられる〈広田先生位な年格好の男〉と〈若い男女〉が川を隔てて対峙する構図が示したように。

『三四郎』が、美禰子の表象を広田のそれと対照させることによって、近代日本の異性愛体制を、偽善的で猥雑な、まき散らされるホルモン現象として語ろうとしているテクストであることは、〈若い男女〉が集う演芸会場への誘いを峻拒する広田が、ギリシャへの憧れを三四郎に語る次のような言葉に象徴されている。

「僕は戸外が好い。暑くも寒くもない、奇麗な空の下で、美くしい空気を呼吸して、美くしい芝居が見たい。透明な空気の様な、純粋で単簡な芝居が出来さうなものだ」

（十二の一[35]）

六　文化としての女

検討してきたように、美禰子がクリスチャンであることの意味は、本稿の文脈に即して言えば、美禰子が〈性の婚姻化〉という、歴史的に歪められた性倫理に帰属する女だということである。西欧の近代家族観は、確かに日本においても女性の高等教育を奨励し、女性の位置を家庭内の主宰者として格上げする。しかし女性に仕掛けられた解放や格上げの台座には常に陥穽があるのであって、あらゆる教育の目的は、父権的家庭の調和を育成する事に向けられ、結局は女性を抑圧するシステムの強化に繋がっていた。小論の冒頭で『草枕』について触れたように美禰子は、男性知識人の知的優位性によって、より明瞭に表象されることになった、男性たちの欲望を映す〈新しい女〉すなわち新しい鏡であった。このような期待の眼差しを内面化した美禰子が身につけたのが、思わせぶりな態度やエクリチュールを操る術、つまり〈才気走ること〉や〈性的主体であるかのようなパフォーマンス〉である。

美禰子は、結婚するためには〈恋愛を尊重し、自ら結婚相手を選択する自由を持つ〉新しい女を演じなければならなかった。社会の欲望の視線は、現実の中に美禰子を織り込んでゆく外部の拘束となる。したがって美禰子の〈新しさ〉は、社会の構造を少しも揺るがす事のない、新しさの身振りであって、だからこそ結婚そのものを忌避する広田を除き、男たちが安心して享受できるものだったのだ。エドワード・サイードが〈オリエンタリズム〉と呼んだ概念を広義に解釈すれば、『三四郎』の男性たちの、女を楽しみ、消費（領土化）する態度にも言いうるのである。

新しい女性像を待ち望む男性の視線の権力は、深く女たちに内面化され、女たちを〈恐喝〉する。その権力は三四郎にも明らかに刻印されているものであって、美禰子は、そのコケットリーという現象に局限化して見るなら、三四郎を翻弄するかに見えて、実は男の視線に媚びているのである。たとえば、九章で三四郎は、国元から取り寄せた三十円を枕元に置き、眠りに入る前に明日これを美禰子に返す場面を想像してやに下がっている。「又一煽り来るに極つている」「成るべく大きく来れば好い」（九の九）と。

美禰子はおそらく野々宮に、技法としての、換言すれば媚態としての、新しさを楽しまれ、野々宮への欲望を露わにさせられた後、「責任」をはぐらかされ、「私を貰ふと云つた方なの。ほゝゝ、可笑しいでせう」（十二の六）と、よし子に嘲笑されるような「選択の時間」（前掲「予が婦人観」）さえ許されない屈辱的な結婚を余儀なくされたのだ。汽車の女と美禰子とは、〈男に屈辱的にはぐらかされる〉という一点でこのように結びつく。「行きたい所がありさへすれば行きますわ」というよし子の言葉は、翻って美禰子が〈好きな人〉と結婚したのではない、と示唆している。よし子の嘲笑は当然、兄野々宮のものであり、同時に広田のものでもあるはずだ。知らないのは夫だけだ。しかし、美禰子とその夫は、〈あれが駄目ならこちらでも〉という変わり身の早さに於いてぴたりと釣り合ってはいるのである。

野々宮との結婚を望んでいた美禰子はなぜ〈好きでもない〉三四郎を、「惚れられている」のでは、と己惚れさせるほど翻弄したのだろうか。池のほとりで初めて三四郎を認めた時から始まっている美禰子のパフォーマンスは何を意味していたのか。美禰子に理解し難い面があるとすれば、唐突な結婚よりも三四郎への媚態が、言葉を交わすこともなく、初めて三四郎の存在を認めた時からすでに始まっていることであろう。しかしこのことは実は広田の次のような人間観が示唆している問題である。三四郎と野々宮や三四郎自身の結婚について語り合ったのち、露悪家、偽善家の話題となった時、広田は次のように三四郎に問いかける。


「君、人から親切にされて愉快ですか」

「えゝ、まあ愉快です」

「屹度？僕はさうでない、大変親切にされて不愉快な事がある」

「どんな場合ですか」

「形式丈は親切に適つてゐる。然し親切自身が目的でない場合」

「そんな場合があるでせうか」


（略）

「（略）御役目に親切をして呉れるのがある。僕が学校で教師をしてゐる様なものでね。

実際の目的は衣食にあるんだから、生徒から見たら定めて不愉快だらう。之に反して与次郎の如きは露悪党の領袖だけに、度々僕に迷惑を掛けて、始末に了へぬいたづらものだが、悪気がない。可愛らしい所がある。丁度亜米利加人の金銭に対して露骨なのと一般だ。それ自身が目的である。それ自身が目的である行為程正直なものはなくつて、正直程厭味のないものは無いんだから、万事正直に出られない様な我々時代の小六づかしい教育を受けたものはみんな気障だ」

（七の三）

広田が言っている「形式丈は親切に適つている。然し親切自身が目的でない場合」のことを、美禰子が三四郎に見せるアートと捉えてみると三四郎―美禰子の関係性が明瞭になる。「それ自身が目的」であるならば、例えば三四郎の目の前に花を落としてゆく、葉書を寄越す、その返事をねだる、などなどさまざまなパフォーマンスは純粋に三四郎への好意の表現となる。しかしそれらが実は好意の「正直な」発現ではないことを、「正直な」与次郎を引照しながら謎解きをしている、と見なしうるのがこの場面である。美禰子の目的は他にあると。相手（三四郎）が知れば「不愉快」な美禰子の真の目的とは、愛した野々宮にそれと知られながらプロポーズしてもらえず傷ついたプライドを、他の男を虜にする事によって回復しようとしたことである。ここで肝心なのは、美禰子自身に三四郎を利用している、との自覚がないことである。〈無意識の偽善〉とはこの自ら意識されざる〈隠蔽〉を指している。

美禰子と野々宮の関係は、小説が始まった時点においてすでに末期的膠着状態（野々宮がプロポーズするかあるいは美禰子が諦めるかという）にあったのであり、そこに登場し美禰子の眼に留まったのが三四郎だった。広田のことばをより正確にすると、人間関係とは「それ自身が目的である行為」、という以上に〈それ自身が目的であるべき行為〉なのに他ならない。美禰子が「われは我が慾を知る」という聖句で三四郎に詫びなければならなかったこととは、本来〈それ自体が目的であるべき〉三四郎との〈関係〉を、三四郎の無防備さに乗じて、利己的な別の目的のために利用した心性を指している。

美禰子が三四郎と二人で入った丹青会の展覧会場での出来事（第八章）を例に採ろう。野々宮と原口が思いがけず入って来た時、美禰子は野々宮に見せる目的で三四郎の耳に何事か囁くふりをする。けれど三四郎への親しみが自ずから振る舞いに出たものではなく〈芝居〉なのだから、囁きの〈内実〉は当然ながらあるはずがない。美禰子の意識は唯ひたすら野々宮に注がれている。この三四郎への耳打ちの瞬間に美禰子の意識下を占めているのは〈私はこのとおりあなたを愛してはいない〉という野々宮への精一杯の虚栄である。しかし美禰子はその虚栄も、またその目的のために自分が三四郎を利用している、ともこの場合自覚していないのである。「野々宮さんを愚弄したのですか」（八の十）という三四郎に「何んで？」と無邪気に応じているのは美禰子の真率な反応を示すものである。美禰子は実際、三四郎も野々宮も「愚弄」するつもりなどはない。ただ「何故だか、あゝ為たかつた」のである。意識では捉えきれない美禰子の深層意識が、自己の存在を挙げて屈辱からの自己回復の衝動に突き動かされていた、その本当の目的が、結果として三四郎への様々な媚態となった、ということである。だから三四郎にさも親し気に囁いた行為は「あなた（三四郎）の為」ではなく自分のためなのだが、美禰子にはそれが自覚できない。野々宮を嫉妬しているであろう「あなたの為にした」、つまり〈あなたへの親切〉なのだ、という媚が「野々宮さん。ね、ね」以下の身ぶりとなっている。三四郎に示したさまざまな「親切」について他からその理由を問われてもやはり美禰子は「何故だかあゝ為たかつたんですもの」としか言い得なかったであろう。三四郎が好きだったから、とは決して云い得なかったであろう。まして傷ついたプライドを回復する為に自分と三四郎の関係を利用したなどとも。「無意識の偽善」とは美禰子の、〈もっとも知りたくない自分自身を隠蔽する〉[36]という意識下の操作をファクターに入れることによって一層明らかになるのではなかろうか。三四郎はもとより美禰子の意識構造に理解の及ぶところではない。

もし、ある人があつて、其女は何の為に君を愚弄するのかと聞いたら、三四郎は恐らく答へ得なかつたらう。強ひて考へて見ろと云はれたら、三四郎は愚弄其物に興味を有つてゐる女だからと迄は答へたかも知れない。自分の己惚を罰する為とは全く考へ得なかつたに違ない。（八の四）

美禰子が意識的に三四郎の「己惚を罰する」のではなく、美禰子自身、自覚できない美禰子の意識構造の全体が、三四郎の「己惚を罰する」ことになっている、というわけである。したがって、二人で観ることになった丹青会は、双方の自分自身への〈不明〉を必須条件として、また野々宮の出現という全くの偶然によって、二人で雨の中にたたずむ、篇中唯一のロマンティックな場面となったのである。

しかし〈優美な露悪家〉美禰子は「(美禰子やよし子に)今日はとか何とか挨拶をして見たい」(六の九)のような「田臭」の三四郎などに対して基本的に無関心であるため、それらの媚態の隙間から時折本来の無関心さが覗いてしまうわけである。[37] しかし教会の前での別れの時、美禰子ははっきりと自分が三四郎に対してどのような罪を犯したか、を自覚している。〈それ自体目的であるべき〉人と人の関係を、相手には知られることなく他の目的のために利用したのであることを。「われは我が愆を知る」は、美禰子が〈髭の男〉文化圏の野々宮を断念し、〈髭のない男〉との結婚への心理的プロセスのなかで、知らずに犯していた他者に対するこの取り返しようのない罪、すなわち自分の心の頽廃を自覚するに至ったことを明かしている。そして三四郎はといえば、最後まで自分がどのような役割を演じたか解っていないのである。小説『三四郎』に漂うそこはかとない哀しみの情調は、三四郎と美禰子の、このあまりにも決定的な意識のずれが醸し出すもののように思われる。このずれは、「ヘリオトロープの壜。四丁目の夕暮れ。迷羊。迷羊。空には高い日が明らかに懸る」(十二の七)のようなセンチメンタリズムを、教師が〈笑いながらさっさと黒板の文字を消してしまう〉ように次々に拭き消してしまうのである。

この主題系、すなわち〈それ自体が目的であるべき〉ことの、他の目的への流用というコードも、実は小説の冒頭から全く別の局面として読者に暗示されていた。大学が始まった頃「青木堂」に入った三四郎は、「汽車の中で水蜜桃を食つた人」に再び出会うや、そこを飛び出し図書館へ走る。図書館で手にした本に鉛筆で以下の様な書き込みがしてある。「ヘーゲルの講義を聞かんとして、四方より伯林に集まれる学生は、此講義を衣食の資に利用せんとの野心を以て集まれるにあらず。唯哲人ヘーゲルなるものありて（略）檀下に、わが不穏底の疑義を解釈せんと欲したる清浄心の発現に外ならず。此故に彼等はヘーゲルを聞いて、彼等の未来を決《けつ》定《じょう》し得たり。自己の運命を改造し得たり。のつぺらぽうに講義を聴いて、のつぺらぽうに卒業し去る公等日本の大学生と同じ事と思ふは、天下の己惚なり。公等はタイプ、ライターに過ぎず。」（三の六）と。この書き込みの意味するものは二点ある。一つは、それ自体が目的であるべき学問が、現在の大学では本来の目的を離れて「衣食の資に利用」されている頽廃を嘆く、という内容そのもの、もう一点は、この問題がやはり広田を起点として湧出していることである。

竹内洋は、明治一九年の森有礼の主導による「帝国大学令」によって、それ以前の「学術の府」東京大学から、高級官吏（国家貴族）養成を旨とする、名称も新たな「帝国大学」へと軌道修正されるとともに、帝国大学の特権化が著しく増大した事実を述べている。（『日本の近代12 学歴貴族の栄光と挫折』[38]）。『三四郎』には、森有礼が演出した学制改革の結果である大学生の〈小役人願望〉、すなわちそれ自体が目的であるべき学問を、民衆の国民化の進捗という他の目的にすり替えた国家に対する批判が根底にあり、またそのすり替えに足並みを揃えた資本主義社会の頽廃が、〈優美で気障な都会人〉によって人間関係にも及びはじめた日露戦後の社会的心理状況を〈婚活〉に焦点化し、戯画的に描いてみせた、と見ることができる。この頽廃こそ、いつの間にか、われわれ人間的なるもののことごとくを身ぶり（「のっぺらぼう」）と化して腐敗させつつ現在驀進中の事態であることはいうまでもない。そしてこの問題は『それから』において再び主題化されるのである。[39]

七　ネクロフィリアの構造

『三四郎』の叙述には、高い知的レベルの文化圏の男たちの、セクシズム露わな欲望を自ら内面化しようとする演技者美禰子の努力に対する〈観察とからかい〉が張り付いている。しかしその〈観察とからかい〉もまた観察にさらされざるを得ない。メタレヴェルは存在しない。すなわちテクストは逆に、この男たちの欲望をも露わにしてしまうのである。ヴィクトリア時代人は、一方で性欲のない清純な乙女を崇め、他方で女性の否定的な側面を投影する対象として売春婦を必要としたが、『三四郎』の男性たちも、女性を同様に二分し、結局のところ、〈脱性化した母〉という女性幻想にどれほど絶望的に固着しているかを明かしているのである。

与次郎は三四郎が美禰子を愛していると知った時「君、いつそよし子さんを貰はないか」「あれなら好い、あれなら好い」（九の五）と言っている。よし子は酒井英行が指摘した如く「母」に結びつく女性像であり、それゆえ青白く、〈脱性化〉されている。それに対して美禰子の形象には、すでに先行研究が明らかにしているようにメリメ「カルメン」のヒロインの、誘惑者としての面影が付与されている。[40] つまり美禰子とよし子は対照的な二つのタイプの女性像を形成しており、その史的意味は、まさに近代キリスト教文化圏における、誘惑するダークレディ（きつね色の皮膚）と、天使のごときフェアレディ（青白い顔）という女の分類学の伝統が、日露戦後社会の女性像として移植されたという明瞭な事実である。[41]

学問と芸術の世界に住む『三四郎』の男たちの共通感覚を集約するならば「凡てが悉く揺いて、新機運に向つて行くんだから、取り残されちや大変だ」（六の二）という与次郎のことばに尽きる。「歩調においてすでに時代錯誤」と評される広田とて決して例外ではない。そうでなければ周囲に野々宮や与次郎など、先鋭な知性をもった男たちに慕われるはずがない。それなのに女性に対しては〈動かないこと、成熟しないこと〉に至上の価値が置かれるのである。この価値観を具体化しているのが「純粋の子供」と形容された「青白い」よし子である。[42] そしてこの、「母」と接合する〈無垢な少女〉というイメージこそ、父権性社会の欲望の客観的相関物なのである。つまりダークレディたる美禰子は、楽しまれはしたが（自分が望んだ）結婚からは排除され、聖なるフェアレディのよし子が、美禰子を排除した男たちから〈結婚向き〉と称揚されるのだ。しかし〈動かない、成熟しない〉女に対する男の欲望とは、突き詰めてみればネクロフィリア（屍体愛好症）に他ならない。

中産階級の、愛とセクシュアリティとを結婚に一元化しようとする身体解釈が社会のすべてを覆い尽くそうとする勢いを持ったこの時期、男社会の性的抑圧は、自らの投影として性的主体である〈新しい女〉を窃視によって捏造し、消費し、周縁化してゆくとともに、ネクロフィリアという自身の最奥に潜む欲望をも剥き出しにして行く。事実、野々宮は、鉄道自殺した若い女の屍体をいささかのセンチメントもなく覗き込もうとしていた。

「それは珍らしい。（略）死骸はもう片付けたらうな。行つても見られないだらうな」

（三の十二）

研究者的「非人情」もこうなれば一つの自己疎外の形式、言い換えれば人間的頽廃でしかない。[43] 野々宮のこの台詞はまた、美禰子の魅力を消費した野々宮自身の視線の動かし方を暗示してもいる。こうして『三四郎』は、ネクロフィリアに先立つ〈魂の殺人者〉たちで満ちている。女をアンナ・カレニナのように列車に飛び込ませた（三の十）顔の見えない男を始めとして、広田も、与次郎も（十二の五）、それぞれの形で女を置き去りにしている。〈審美家〉の素質をもち、すでに広田の影響下にある三四郎も、母親の意に反して結局は「三輪田の御光さん」を裏切ることは明らかだ。母からお光さんを貰わないかという手紙を読んだ直後、三四郎が考えた「燦として春の如く盪」く「美くしい女性」（四の八）の世界に、御光さんの選択肢はすでにない。これら魂の殺人者の群が、自らの被害者たちへのネクロフィリアの欲望に身を焦がしていることを『三四郎』というテクストは示唆して止まない。

注

（1）「夏目漱石　覗き穴の向こう」（『文学探偵帖』平凡社　一九九七・六）

（2）『近代の観察』第一章　馬場靖雄訳　法政大学出版局　二〇〇三・二

（3）ピーター・ブルックス『肉体作品　近代の語りにおける欲望の対象』（高田茂樹訳　新曜社　二〇〇三・一二）は、一八世紀以降のヨーロッパの小説において、肉体がテクストのなかの意味作用の中心的な要因となる経緯を分析している。そのなかで「女性の私的な領域への男性の侵犯」という主題系が小説の興隆と密接に関わると述べている。

（4）『女の皮膚の下』第一章（藤原書店　一九九四・一〇）

（5）『身体の零度』第三章（講談社　一九九四・一一）

（6）「古典主義の時代に準備され十九世紀に実行に移された権力の新しい仕組みこそが、我々の社会を血の象徴論から性的欲望の分析へと移行させたのである」（渡辺守章訳　新潮社　一九八六・九）

（7）藤森清は、機械と男性性（女の内面をテクスト化しシステム化したいという欲望）のメタフォリカルな関連を野々宮、三四郎の視線に現れたテクストの無意識の問題として位置づけ（『漱石研究』第三号　一九九四）、松下浩幸はこの論を受け継ぐ形で「本郷文化圏における独身男性たちの言語文化を懸命に模倣しようとする美禰子」と男性たちの「非対称性」（『三四郎』論―「独身者」共同体と「読書」のテクノロジー『日本近代文学』56集）を強調するが、ドゥーデンや、前掲『肉体作品』における〈男が女を視る〉という構造の歴史性のうちに常に、すでにこのような「非対称性」が組み込まれているわけである。中山和子「『三四郎』「商売結婚」と新しい女たち」（中山和子コレクションI『漱石・女性・ジェンダー』翰林書房　二〇〇三・一二）は「一見、奔放自由であるかに見える美禰子が、じつは制度としての「女」「結婚」という制度のなかの「擒」であることを示す物語が『三四郎』である」という観点から〈謎めいた誘惑者〉美禰子像という読みを解体しており、小稿も中山論文に影響を受けている。

（8）「「髭の男」とは誰か『三四郎』の神話空間」（『日本の文学』第八集　有精堂　一九九〇・一）

（9）前掲『肉体作品　近代の語りにおける欲望の対象』

（10）竹盛天雄「『三四郎』論序説「見る」ことについて」（『国文学』一九七八・五）に、「「見る」ことが、「知る」ことの前提であることはわたくしたちが日常的に実感するところである。」という前提に立って「別れにのぞんでの、「あなたは度胸のない方ですね」という審判は」「「羞恥もなく見すぎた」「いわば三四郎の違犯に対する懲罰的な一句」であるとする示唆的な見解がある。仲秀和「『漱石』『夢十夜』以後」（和泉書院　二〇〇一・三）も三四郎の特徴を「彼は実に無遠慮によく相手を見詰めることである」と、「見る」人物として三四郎を特定している。

(11) 酒井英行は、汽車の女には母性と娼婦性とが付与され、それが美禰子(娼婦性)とよし子(母性)とに分化し、「〈汽車の女〉によって母親の本性を認識すべき好機に巡り合いながら、その好機を逸した三四郎は認識への迂路を余儀なくされ」「彼が辿るこの迂路が作品の「低回趣味」を醸し出している」(「『三四郎』の母」『漱石その陰影』所収　有精堂　一九九〇・四)という、読解に一つの方向付けを与える示唆に富む論を提示したが、小稿では、『三四郎』において〈なぜ女に母性と娼婦性が二重化されるのか(分有されるにせよ一人の女に重層されるにせよ)〉を問題化している。

(12) 『性幻想と不安』(岸田秀・寺沢みずほ訳　河出書房新社　一九八四・五)

(13) 二〇世紀に入り、精神分析学によって〈恋愛〉が幻想に過ぎないものとなり、「性がまさに排泄行為の水準に下落しつつある風潮に対する反抗と批判の書」(訳者あとがき)、ギリシャにおける愛の思想を論じたスザンヌ・リラール『愛の思想』(岸田秀訳　せりか書房　一九七〇・七)によれば「ギリシャの同性愛で印象的な点は、それを行った人たちの質である。(略)エリートたちは間違いなくそうだった。」「古代ギリシャ人は、英雄的、禁欲的、好戦的、哲学的であることを望み、またはそのつもりでいた時、そして、快楽よりは知的交流を求めたとき、少年愛者となった」。いうまでもなく『饗宴』『パイドロス』は同性愛の産物である。またディビッド・M・ハルプリンは、古代ギリシャの文化に異性愛/同性愛の区別が如何に曖昧であったか、あるいは性行為が「社会的アイデンティティの表明である」など、すなわち近代とは全く異質な文化であったことを実証(『同性愛の百年』法政大学出版局　一九九五・三)しつつ、現代の「ゲイ」の概念はまったく当てはまらないと論じている。

(14) ジェイ・ルービン「『三四郎』幻滅への序曲」(『季刊芸術』30　一九七四・七　『漱石作品論集

成　三四郎』所収　桜楓社　一九九一・一）
（15）講談社学術文庫　一九九二・二
（16）澤井繁男『イタリア　ルネサンス』（講談社現代新書　二〇〇一・六）
（17）佐藤卓巳・佐藤八寿子訳　柏書房　一九九六・一一
（18）『クローゼットの認識論』（竹村和子訳　青土社　一九九六・六）
（19）高橋英夫『偉大なる暗闇　師岩元禎と弟子たち』（新潮社　一九八四・四）には、ギリシャ古典を原語で読みこなし、志賀直哉に「古代ギリシャやルネサンス絵画」を教え、晩年の書斎には「志賀直哉の写真を写真立てに入れていた」と伝えられる独身の「少年愛者」岩元禎が、明治という時代が生んだ新しい教師像として「偉大なる暗闇」とあだ名されるようになった時代背景を詳細に調査している。
（20）川崎論文は、三四郎の超自我がその男に広田を連想させ、イド（欲望）に睨みをきかせた、と見る（『分析批評入門』明治図書　一九八九・四）。前掲石井論文は、若い男女を憎悪している、同性愛者広田の悪魔的側面のメタファと見る。前掲ジェイ・ルービン『三四郎』もその男が「広田の影」であると見るが、若い男女に「影響を及ぼす」「古くさい「俗礼」の束縛」という解釈は広田の役割をつかみ損ねていると思える。
（21）前掲「「髭の男」とは誰か」にこの広田の発言の矛盾に付いて「美禰子に対する無責任、無関心」という指摘がある。
（22）小稿と異なる意味ではあるが、この夢を三四郎への性教育と見る視点は大石修平「夢と追想」（『感情の歴史』所収　有精堂　一九九三・五）にある。

(23) 岩波文庫　一九五二・一〇
(24) 「Iロゴスとエロス」(『女性と東西思想』所収　勁草書房　一九八五・一一)
(25) プラトン『パイドロス　美について』(藤沢令夫訳　岩波文庫　一九六七・一)
(26) プラトン『テアイテトス』(田中美知太郎訳　岩波文庫　一九六六・九)。
(27) 中山和子は「美禰子が読みかつ書く主体であることを禁じられている」事実に着目し、「美禰子に英語を教えていたはずの広田先生は、自分の着替えを手伝わせることはしても、美禰子の能力と経済環境において可能だったかも知れぬ、ものを書く夢を育てようとはしていない」(前掲「『三四郎』「商売結婚」と新しい女たち」)と、広田の「観念的な西欧コンプレックスと男性中心主義」を指摘した。
(28) アト・ド・フリース『イメージシンボル辞典』(山下主一郎他訳　大修館　一九八四・三)
(29) 『明治日本の女たち』3「結婚と離婚」(矢口裕人他訳　みすず書房　二〇〇三・九)
(30) 丙午出版社　大正二・七
(31) 藤目ゆきは「性を生殖に従属させ婚姻外の性を禁忌とする西欧的理論が「文明」「近代的」であるとされ、処女崇拝イデオロギーを浸透させ、このような「性と生殖をめぐる近現代日本の国家統制」が学校教育や地域社会を通じて「日露戦後、その組織的矯正を開始」した事実を論証している。(『性の歴史学』第三章　不二出版　一九九九・三)
(32) 藤森清は野々宮を三四郎のモデルと見、「こうした女の所有と男の同一化の欲望が区別できないような三角形的欲望の構図は、必然的に女性嫌悪と男性同性愛恐怖を呼び寄せることになる」(「強制的異性愛体制下の青春　「三四郎」『青年』」『クイア批評』世織書房　二〇〇四・一二)と述べているが、必ずしも「男性同性愛恐怖」に結びつくものでないことは幾多の例が示している。

(33) G・ラットレー・テイラー『歴史におけるエロス』（岸田秀訳　河出書房新社　一九七四・一二）

(34) 強調しておきたいのは、プラトン―ディオンの関係がそのままA＝Bのように広田―三四郎に対応すると言っているのではないということである。広田の教養の背景としてのみならず『三四郎』というテクストにおけるギリシャの、とりわけエリートたちの文化と習俗の重要性と、また広田が自らの身体解釈をギリシャに負っていることを強調したいのである。

(35) スザンヌ・リラールはクセノフォン『エコノミカ』のエピソードを引用しながら「野外の空気をギリシャ人がどれほどありがたがっていたか」（前掲『愛の思想』「Ⅱカップルと歴史の二つの時代」）と述べている。

(36) 江種満子は池での二人の出逢いの瞬間の美禰子の心情を「青春への羨望と訣れ」と見、「偶然の一回限りの出逢い」ゆえの「自由、行為への配慮を免れた感情と行動の自由が、一時だけ美禰子に恵まれたと考えられてよい」（『三四郎』の美禰子」『わたしの身体、わたしの言葉』所収　翰林書房二〇〇四・一〇）と述べ、三四郎に愛されることを喜ぶ美禰子の軌跡を示したが、「夏の盛りに「実はなつていないの」という様な女には見えない」という語り手の批評性は、読者の期待に添う出逢いのロマンをきっぱりと否定するものと思える。また浅野洋は、「美禰子が愛していたのは三四郎ではなく野々宮」であるという酒井論文を批判的に継承し美禰子は「野々宮と三四郎と二人への愛に揺らいでいた」という見解を示したが、双方の間で「揺らいでいた」のなら美禰子は「責任を逃れたがる」と野々宮を批判する資格はないことになる。

(37) 例えば、運動会の場面で、野々宮と会話した後、現れた三四郎に対して美禰子が「丸で高い木を眺める様な眼であった」（六の十一）ことなど。

(38) 明治一〇年創立の「東京大学」は明治一九年帝国大学令によって「東京帝国大学」に改正される。東京大学総理だった学者肌の加藤弘之は森有礼によって更迭され、元外務官僚の渡辺洪基が選ばれた。この変革が「学術の府」東京大学から「有為の人材養成」（国家貴族）を旨とする「帝国大学」への転換であったことは前掲竹内洋『日本の近代12　学歴貴族の栄光と挫折』（中央公論新社　一九九九・四）に詳しい。

(39) 本書第六章「〈復讐劇〉〈切札〉〈乾酪《ちいず》の中の虫〉――『それから』の殺戮――」を参照されたい。

(40) 柏木隆雄「漱石とメリメ」（平川祐弘編『作家の世界　夏目漱石』所収　番町書房　一九七七・一一）に、三四郎との出逢いの場面の美禰子に「カルメンの造形が認められる」ことを論証している。

(41) 伊藤俊二『二十世紀のエロス』（青土社　一九九三・一〇）にヨーロッパにおける「ダークレディ」と「フェアレディ」の形象の歴史を解説している。

(42) 村瀬士朗は、野々宮の結婚の障害となるよし子の役割の重要性を分析した（「過程（プロセス）としての『三四郎』」『国語国文研究』84　一九八九・一二）が、与次郎の結婚観や女性観は当然広田の影響下にあると考えられるので、「あれなら好い」というよし子への与次郎の評価は、よし子のそうした役割を知っている広田の考え、となるであろう。

(43) 小澤勝美は、野々宮は「女の轢死をきいても、何らそれをひとりのたった今まで生きていた人間の問題としてうけとめる心を失ってしまっている人間」「つまり野々宮は、学問に打込んではいるが、その学問と生きた人間とは彼の内部において真に結びつくことのない疎外された状況がそこにはある」（『透谷と漱石　自由と民権の文学』双文社出版　一九九一・六）という見解を示している。

第六章

〈復讐劇〉〈切札〉〈乾酪《ちいず》の中の虫〉——

『それから』の殺戮——

一　はじめに――〈場〉としての人間

『それから』（明治四二・六・二七―同一〇・一四）の特色ある技法について考えるためには、『抗夫』（明治四一）を転機として漱石の小説を一変させる事になった、写生理論に触れておかなければならない。『坑夫』の主人公が、それ以前の主人公と一線を画しているのは、この人物が、生の持続または時間の経過によって何らかの出来事を起こすものではなく、何かが起る〈場〉になっているという事実なのである。何故そうなったかといえば、『坑夫』の主人公の意識の機能が、特殊な事情故に極めて〈低下〉した状態にあったために他ならない。意識の機能の〈低下〉、すなわち〈意識の機能の限定性〉を媒介として、〈場としての人間〉という新しい人間像が創出されたわけである。(1) 〈場としての人間〉とは言い換えれば〈受動態としての人間〉である。この人間観は、この後、漱石の小説を支える最も基本的な原理となる。この事を『草枕』（明治三九）と『三四郎』（明治四一）の視点人物、画工と三四郎の比較によって確認しておきたい。

例えば、『坑夫』以前の作品、『草枕』の画工は、何事かが起る〈場としての人間〉の要素は希薄である。何故なら画工は対象（那美さん）を視る〈視方〉（我の女であるという）をもっているからである。それに対して三四郎には〈視方〉の代わりに〈意識の限界〉が設けられている。すなわち、技巧家美禰子を巡る事件は、たった今、都会に出てきたばかり、という極端に〈意識の限界〉をもつものの眼を通して伝えられた。三四郎の意識の〈限界〉は、当然三四郎の意識の〈外部〉つまり〈盲点〉の大きさを示唆する事になる。〈盲点〉に対して三四郎の意識は全く受動的かつ無防備なのであって、意識の〈盲点〉に起る事は、目の当たりにしながら概念化されないために、『坑夫』の主人公のように、それらが初めて見られたもののように写生されるのである。この事から帰納される問題が、〈性格〉という概念の後退である。漱石はこの概念の旧さを次のように語った。

普通の小説で、成功したものと称せられてゐる性格の活動は大概矛盾のないといふ事と同一義に帰着する。（略）然し此意味で成功した性格は、個人性格の全面を写し出したものではありません。（略）だから飽迄も客観的に性格の全局面を描出しやうとすれば、今迄の小説や戯曲にあらはれたよりも遙かに種々な形相が出てくる訳であります。

（『創作家の態度』[2]　傍点引用者以下同様）

〈矛盾を含む性格の全局面〉を客観的に写すためには、その人間の意識に〈限界〉が、すなわち意識の〈外部〉〈盲点〉が設けられなければならない。矛盾は〈外部〉からやって来るものだからである。この引用から窺えるのは、〈矛盾をはらむ性格の全局面〉すなわちもはや〈性格〉という範形では捉えきれぬ〈遙かに種々の形相〉というものが審級を改め、人間の〈意識〉として捉え直され、文学の新しい領域として前景化されて来る様相である。つまり、①性格〈矛盾がない〉の概念は一面的なものとして捨てられ、それに代わる、②意識〈限定的であり死角を生ずる〉の問題化が〈受動態としての人間〉の造形に結び付いたのである。実験的な『坑夫』を経て、漱石のこの新しい小説理論は、近代文学における全く新しい人間像、長井代助として結実した。代助はまさしくある性格のタイプではなく、何事かが起こる〈場〉として、その〈意識の全貌の写生〉が目論まれている〈受動態としての人間〉である。漱石のこの理念は、ある状況に投げ込まれた人間が解体して行く必然の経路を描く、スタンリー・キューブリックの映画『フルメタルジャケット』などの手法に通底するものである。

『それから』の叙述の方針は、生の、あるいは時間の持続によって何事かが生起する〈場〉として、代助の意識を叙述上の関心の中心に起き、密着し俯瞰し〈矛盾を含む全性格〉を描き尽くそうとする。つまりこの世界は、大スターである代助を中心とし、その回りに幾つもの惑星をもった一つのコスモスなのであって、すべての叙述は、まずその安定を壊さぬよう配慮されている。例えば代助の友人が、失脚したり芽が出なかったりあるいは地方へ去った者などに限定されているのも、この世界を安定的に保つためである。

このコスモスの中で物語的葛藤を生じさせるために、叙述の性格は二つの点で特徴付けられる。一つは、代助の意識の全貌を語ろうとする事が、結果として絶えず代助の意識の〈死角・

外部〉を示唆してしまうという事と、もう一つは当然それと不可分に、先の、友人の件にも見られるように中心である代助を巡る他の人物達、長井家の人々・平岡・三千代などが例外なく一種の偏頗さ・定型化を免れていないという事である。例えば平岡は職を失って焦る無頼なイメージが、父長井得は旧弊さのみが非常に強調される、といった具合に。その理由は、叙述の関心の中心が代助の意識に置かれているためで、彼等がそのような定型として捉えられているという事が、翻って代助自身の現在の意識の〈枠組〉（＝限定性）を、すなわち代助にそのような概念化の〈偏頗さ・定型化〉をもたらす余裕ある趣味的な生活、新しさ、鋭敏な神経、厭世的思想などを照らしだす、という相関関係なのである。言い換えるなら〈代助は、代助は〉と、代助の意識についての叙述が明瞭かつ詳細であればある程、他の人物がリアルには見えにくくなっているのである。この事実は次のように問題の裾野を広げてゆく。つまり代助がある件についてアンコンシャスであると、その度合いに応じて、その件について読者に与えられる情報も少なくなるわけである。しかしその情報量の多寡は、現在の代助にとっての事の軽重を表すにすぎず、〈真相〉はおのずから別なのである。このような叙述の特徴を最も端的に示しているのは次のような部分である。

> 三千代が平岡に嫁ぐ前、代助と三千代の間柄は、どの位の程度迄進んでゐたかは、しばらく措くとしても、彼は現在の三千代には決して無頓着でゐる訳には行かなかつた。

この小説で非常に重要な意味をもつ、二人の過去の〈真相〉は実は不問に付せられている訳である。(3) この一文は、現在の代助の意識の盲点の一端を暗示するとともに、代助の意識に上る〈再現の昔〉とは全く別の過去が二人の間にあった事をはっきりと伝えている。以上の考察を概括するならば、代助の意識の先端にあるものをひとまず括弧でくくり、読者にあからさまに見せられている物の外側で進行しつつある、またはすでに起きてしまったドラマや事件の方に一層鋭敏でなければならないという事である。見ている者（代助）は語っている者ではないのだから。代助の意識性をその〈盲点〉との関係性において考察する事が代助の全像と事件の〈真相〉に迫り得る最も有効な方法であろう。

二　盲点／二つの事件

代助という人物は、次の三つの側面から捉えられている。①人間関係において、②代助自身が代助を語る様々の言葉（人間観や歴史観など）において、③身体性において。『それから』の叙述が、①②③のすべてを通じて絶えず代助の意識の〈死角〉を入念に示唆し続けている事と、そこからどのような代助像が輪郭を現すかを見ておきたい。

①の、人間関係における代助を見る為には、小説の中で密かに進行しつつある〈二つの事件〉に着目する必要がある。一つは平岡夫婦の間に進行中のものであるが、これは後述の予定があるため、もう一方の、長井家に起っている事件を問題にしたい。父と兄が妙に忙しく外出するようになり、父が急激に老け込み不機嫌になったこと、あるいは平岡の「『君の家の会社の内幕でも書いてご覧に入れやうか。』」（十三の六）などの言葉からは、明らかに「日糖事件」（八の二）に類した危機が長井家に迫りつつある事を示している。(4) 兄誠吾は「『我々も日糖の重役と同じやうに、何時拘引されるか（略）』」（九の二）とはっきりと言葉に出してもいる。そしてもしそうなれば代助は、生活費が途絶えるどころか残された家族の面倒を見る責任が全部自分に降り懸かってくるはずであるのに、そこには全く思い至らず、これらの変化を目のあたりにしながら丸で他人事のような観察しかしていない。この事実は二つの点において代助の意識の〈死角〉を示唆している。一つは、家族から面倒を見てもらうことに関しては実に頭が回るのに、家族に対する〈責任〉の方面は完全に意識から欠落していることになる。もう一つは、不思議なことに〈未来〉というファクターが代助の意識に現れない事である。〈自己責任〉と〈未来への配慮〉という二つの盲点が示唆されることで、この人物の輪郭はかなり明瞭になる。次に②の、代助が自分自身を語る言葉の数々に注目してみると、それらの多くが「代助に云はせると…」（三の三）、「彼の解剖によると…」（十三の九）「と、彼は断然信じてゐた」（同）などのように〈代助が、代助が〉と強調する事で逆に、さて本当はどうなのか、という含みをもたせ

た語り口である事に気付かざるを得ない。

代助の考によると、誠実だらうが、熱心だらうが、自分が出来合の奴を胸に蓄はへてゐるんぢやなくつて、石と鉄と触れて火花の出る様に、相手次第で摩擦の具合がうまく行けば、当事者二人だけの間に起るべき現象である。（略）だから相手が悪くつては起り様がない。
（三の四）

代助のこの説は、繰り返し現れるものなのだが、この言葉の意味するところは要するに、自分で責任を取りたくないという事に尽きる。このように〈関係〉から当事者としての自己を引き抜いてしまえば、生活はゲーム的戦略的なものと化し、その結果必然的に生の荒廃をもたらさずにはいない。またその心理的な反動が、〈天意による恋〉といったドラマを創り上げようとすることも容易に推測され得る。

代助のこれらの言説が表しているのは、〈盲点〉が作られてゆく際の、代助の意識のメカニズムであり、代助が自ら隠蔽したいものを隠蔽する事に長けていることを示している。平岡夫婦の前で述べる日本批判なども、ただ労働が嫌であることを自己合理化する、右同様の意識性以外のものでないことは、現在世情を騒がせている幸徳秋水の件に全く無関心なことや、アンドレーエフの「『七刑人』」（四の一）に対する関心の在り所をみれば明らかである。代助の意識は、社会機構の変革の為に命を懸ける人々とその現在の動向を完全に素通りする。代助の饒舌な日本批判から浮かんでくるのは、自分に与えられながら自分が蔑視する、この時代と長井家、それらは自分の観念上の真正さの代理物でしかないのだが、自らが蔑視する〈代理物に寄生〉(5)しようとするナルシストの驕慢である。まさにナルシスト本来の姿として。

③の、代助の身体性に関する記述は二つの意味をもつ。一つは代助が〈美禰子〉や〈那美さん〉と同様に〈視られる要素〉が重視されている「美的生活」（『草枕』十三）者であること、そしてもう一つが、代助の意識の盲点を、身体に起る異変によって示唆する機能である。代助の身体も、代助の意識と同様に〈場〉、つまり〈受動態〉としてのそれであって代助の意識性と対立するものとして描かれているのではない。代助が自ら隠蔽したがっている経済的無能力を家族に突きつけられた時、例えば兄に平岡の就職を頼んで断られたり（六の二）、父に呼ばれて佐川との縁談を勧められたりした直後（十の二）、必ず代助の身体や神経に異変が起っている事に注目したい(6)。生存の経済的基盤の脆弱さゆえの屈辱と不安は、代助の、天を摩す自尊心の高さを完全に裏切るため、彼の意識はそれらを捉えようとはしないが、その代わりに身体の異状としてかすかに感知〈slightly cons.〉(7)させられるのである。

それにしても代助の身体と神経が異様なまでに鋭敏であることの意味は何なのか。その本質的な理由は、代助がすでに「nil admirari」（二の五）に達し、しかも重症の「倦怠」（八の二）に陥っているのに不思議なことに〈刺激〉を求めようとは全くしない人物だからである。代助のように生の荒廃を抱えた人物が文学に描かれる時、酒・女・麻薬あるいは旅などの外的な刺激に惑溺することでそれらを発散・解消するパターンが多く見られるのは、人間の生理的自然でも在り、その発散の仕方が文学の素材として興味深い問題を孕むからでもあるのだが、代助にはこうした外的な転換の手段が全く与えられていない。となればその頽廃は徹底的に内攻する他はなく、無自覚のうちに実存の崩壊が進んでしまうわけである。代助はその意味においても実験的な人物なのである。代助の知覚の鋭敏さは、自と他を物理的に区切っている皮膚の内側の血液の流れや心臓の鼓動を幻視幻聴できる迄に研ぎ澄まされている。その一方で、入浴の場面が示しているように、自分の手足が「自分とは全く無関係」の「如何にも不思議な動物」（七の二）のように見えたりもする。これらは同根の二つの表れ方であって、ひとたび抱え込んでしまった〈生の荒廃〉をひたすら内攻させる他に術がない人間の、錯乱の予兆である。そしてこの〈荒廃〉は、おそらく正岡子規『病牀六尺』第百二十五回の「〇足あり、仁王の足の如し。足あり、他人の足の如し、足あり、大盤石の如し。」の悲痛さと正確に対比され得るだろう。こうした病理にすでに代助の運命は暗示されている。

代助の、①人間関係②言葉③身体性に関する叙述から析出されるのは、代助が〈責任〉と〈未来の展望〉という重大な意識の欠損を抱え、それが代助の生を荒廃させている事実である。この小説は、代助が無自覚ながら、身体感覚としてはわずかに感受している〈一等国の間口を張り過ぎてもう腹が裂けそうな状態[8]〉（六の七）をもってはじまり、現実からの刺激によって彼の脳中と身体に起る事件を細大漏らさず写生し、その必然の積み重なりの結果、生の飽和点に至り実際に裂けてしまうまでの物語である。得意の絶頂から転落していった『クォ・ヴァディス』の、美に憑かれた皇帝ネロのように。

代助がある性格のタイプではないのと同様に、この物語の主旋律、代助と三千代の関係にも、ある恋愛のタイプが描かれているのではない。忘れ得ぬ人と再会するという出だしによって、読者に是から始まる物語についての一定の含意を取り付けはするものの、恋に向う〈生の衝動〉のようなものは全くテクストの関心の外にある。恋の為に追い詰められるのではなく、〈追い詰められた結果が恋〉であったという転倒が起っているのである。すなわち代助の〈転落〉と、三千代との恋愛はどのような関係にあるのかが、『それから』研究の焦点となる。

三　〈成熟拒否〉の構造

代助は周囲のものに様々な意味で〈幻想〉を抱かせている人物であって、この意味で『三四郎』の〈優美な露悪家〉美禰子の後継者でもある。長井家の人々が代助に抱いているのは皮肉にも、将来きっとひとかどの事をする人間に違いない、という代助の〈未来〉についての幻想である。しかし代助の方では平生「自分の未来を明瞭に道破る丈の考も何も持つてゐなかつた」（九の三）ばかりでなく、三千代との関係が遂に現実化した時でさえ、具体的な二人の未来の方針を何一つ考えようとさえしていないのである。

> 二人の向後取るべき方針に就て云へば、当分は一歩も現在状態より踏み出す了見は持たなかつた。此点に関して、代助は我ながら明瞭な計画を拵えてゐなかつた。（十五の二）

この代助の態度は「仕様がない。覚悟を極めませう。」（十四の十一）という三千代の決意とあまりにもチグハグである。三千代と代助の関係の特徴は何といっても、このような二人の意識のずれである。このずれの意味を考察することこそが小稿の主眼であるが、その要因の一つは、先に検討した代助の生の在り様に、すなわち責任と未来を意識から欠落させた、精神の「黒内障」（十六の二）に帰せられる。

『それから』は、平岡と代助の人生の歩み方、また長井得の背景となる歴史性と代助のそれとが、絶えず拮抗しつつ小説の内的葛藤を作ってゆくのだが、平岡と父、双方の生き方を代助の生き方と対比させると、代助のこの「黒内障《そこひ》」的なものがくっきりと炙り出される。代助も平岡も恵まれた体格をもち健康でもある。しかし平岡の身体が、平岡が〈アクションの人〉であることとの基盤となっているのに対し、代助の場合は、恵まれた身体性が癈疾や死の気配をひたすら身辺に招き寄せてしまうのみで、どのような活動にも結び付くことがない。つまり代助は自分の健康な身体を通して〈死〉と戯れているわけである。二人の身体性の意味の違いがそのまま二人の生き方の相違であり、平岡が挫折と生成を繰り返しつつ確実に人生の駒を前へ進めてゆくのに対して、代助は『坑夫』の主人公の言葉を借りるなら〈明るくも暗くもならない儘〉の生を望んでいる。父長井得と代助の生き方の比較から導き出されるものも同様である。

代助が「野蛮」（三の二）として嘲笑の対象とするのは、年齢と身分によって機械的に人間の〈成熟〉が規定された旧時代の自明性である。それ故父と代助とは意識の水準を超えて、互いの歴史性において敵対関係にある。旧時代（父）と同時代（平岡）、双方との対比から浮ぶ代助の実存を一言で表すならば〈成熟拒否〉であり、その具体的な表れが、未来への配慮を大前提とする〈結婚〉と〈志〉をもつこと、すなわち共同観念の普遍を、意識の奥深くで峻拒することなのである。しかし成熟を拒否すれば時間的・空間的に一歩も〈外〉へ出られないのである。なぜならそれが成熟を拒否できる条件だからである。

代助が時間的には〈未来〉への飛躍を封じられ、空間的には〈長井家の領域〉を離れては一日も生きる事ができない事実は、代助が事態に追い詰められ、どこかへ移動しなければ、と考える時明らかになる。幾度旅行を思い立っても代助は「明日」（十二の二）以降には決して考えが及ぶ事もなく、また東京以外の地名は「父の別荘」（同）以外には遂に何一つ思い浮かべる事ができない。まさに代助は〈黒内障〉なのだ。その理由は述べるまでもなく、〈未来へ向けて自分はどうすべきか〉を問われている局面であるのに、最も肝腎なその部分を回避して思考が巡るために何処へも行き着く事ができないのである。つまり〈何処へも行こうとしない〉代助は、状況が切迫した時、実は〈何処へも行けない〉人間であることが露わになるのである。

　では行き場の無い代助にとって三千代はどのような意味を持っていたのだろうか。代助が三千代を愛した動機が、生の腐食による実存的危機を回避することにあったのは疑い得ないのだが、なぜ現在の三千代でなければならなかったのかという問題はやはり残る。代助が三千代を選んだのは、三千代が〈何処へも行かない〉代助の生き方を少しも妨げない女だからである。すなわち代助にとって三千代は過去の自分にのみ結び付いている女であることが、代助の意識の届かない深い理由であった。三千代に「働きかけ」（十四の五）る代助の意識の中に〈三千代と自分との未来〉の要素が全く欠落していたのは、だから当然なのである。代助は、有り得たかも知れない仮想の過去に、すなわち三千代ではなく、平岡を選んでしまったために失われてしまったもう一人の自分に対する強い執着を、三千代への愛の本質的な動機としたのである。「覚悟を極めませう」という三千代の言葉に、代助が「背中から水を被つた様に顫へた。」（十四の十一）のは、この瞬間代助の意識が、〈死角〉からの不意打ちを食らったことを証している。〈天意〉に従う事が、最も困難な未来を引き受けることであるという事実を突き付けられた時、だから代助は茫然自失する他はなかったのである。

　しかしこの事実、つまり三千代との関係において、現実問題としての〈未来への覚悟〉を欠いていたことは、三千代に対する最大の裏切りに他ならない。すなわち代助の〈絶頂からの転落〉とは、彼が最終的に選んだ三千代を、このようにして再度裏切り、おそらくは今度こそ死に至らしめるであろうということにある。雨の日の代助の告白を境に「己を挙げて」（十六の二）代助に「信頼」し「微笑と光輝とに満ちてゐた」三千代が、その後二度目の会見の時、長井家とのいきさつがもたらす経済上の不安を打ち明ける代助に「貴方だつて、其位な事は疾うから気が付いて入つしやる筈だと思ひますわ」（十六の三）と「色を変へ」、その「明日《あくるひ》の朝」自宅で「強い神経衰弱」（十六の七）の為に倒れるという急転回は、二人の関係に対する、自分と代助との、意識の決定的な落差をようやく三千代が察知した為の衝撃を物語っている。代助の〈転落〉の実相を知る為には、この落差の問題をさらにあらゆる角度から検討しなければならない。

四　誘惑者

二人の関係が「どの位の程度迄進んでゐたか、はしばらく措くとしても」と曖昧化された二人の過去とはどのようなものだっただろうか。まず明白な事実としては、代助が行け、と言えば愛してもいない男と結婚もし、(9)代助が望めば苦況にある夫を裏切ることも辞さないのだから、三千代は代助の意の儘になる女であると言わざるを得ない。三千代は代助に魅入られてしまった女である。代助に告白される前の三千代は、代助に「左様言つて」貰えなければ「生きてゐられなくなつたかも知れ」（十四の十二）ず、告白の後は、「死ぬ積で覚悟を極めてゐる」（十六の三)。そのような切迫した愛を代助に抱き続けてなお、三千代は裏切られるのだが、それに比べて代助の方は、不思議なまでに三千代には絶対の自信をもっているのである。代助が、三千代の自分に対する忠誠に関して、あたかもそれが自明であるかのように一抹の不安も疑いも感じたことがない、という事実に留意する必要があるであろう。

愛の関係において代助は、三千代に対して常に絶対的〈優位〉にあることが二人の〈共有感覚〉なのである。つまり代助にとって三千代は、人生の此処という大事な局面で投げる事のできる〈切札〉なのであり、その為に〈準備された女〉である事が二人の関係原理である。三千代が自分の〈カード〉であるためには、三千代に対して自分が常に〈優位〉に立つ事が絶対の条件なのであるから、代助は三千代と会う時は何時でも〈無意識のアート〉を弄して三千代を自分にアトラクトする事を怠っていない。しかも代助自身「芝居をして居るとは気が付か」(『草枕』十二)ずに、三千代に「尤もうつくし」く見える「所作」(同)をすることができるのである。代助の無意識のアートが、確実に三千代の心を捕らえてゆく場面は次のように反復されている。

始めの例は、嫂からの小切手を三千代に届ける場面である。三千代はそれを代助から受け取った時、「難有う。平岡が喜びますわ」(八の四)と言っている。三千代はこの貸借関係をあくまでも夫婦の問題として受け止めようとする姿勢を示しているのである。ところが代助は次のように会話を方向付けてゆく。

「夫丈で、何うか始末が付きますか。もし何うしても付かなければ、もう一遍工面して見るんだが」

「もう一遍工面するつて」

「判を押して高い利のつく御金を借りるんです」

「あら、そんな事を」と三千代はすぐ打ち消す様に云つた。「それこそ大変よ。貴方」（八の四）

もともと代助が三千代の為に金策をした動機が、現状から見ていずれ平岡が〈高い利のつく〉連帯保証人の判を求めてくるだろうと予測し、その事態を避ける為の「取捨の念」（七の三）にあったのだから、引用部分の「判を押して高い利のつく御金を」などの代助の言葉は、三千代を感動させることだけを目的としたこの場限りの無意識のアートである事は明白である。しかしもともと代助を愛している三千代が、このような代助の情熱的な〈芝居〉にどれ程心を動かされたかは、この後に三千代が代助を訪問した時、昔代助に褒められた髪に結い、思い出の百合の花を手に〈再現の昔〉さながらの姿で応じて見せた事が証している。しかし鈴蘭の鉢の水を飲むなど、情感あふれる三千代の様子に、代助の理解は全く届かない。

（略）三千代の言葉は沈んでゐなかつた。繊い指を反して穿めてゐる指環を見た。

（略）代助は眼を俯せた女の額の、髪に連なる所を眺めてゐた。

（十の五）

記念の指輪を眺め、過去を甦らせているのは三千代だけである。[10] 代助の方は、傍点部分に明らかなように、三千代の髪にも、そして自分のアートが三千代の心に〈昔を再現〉させたことなどにも全く気付かない、二人の温度差が強調されており、さらに別れ際の、「『何うせ貴方に上げたんだから（略）』」の「貴方という字をことさらに重く且つ緩く響かせ」（同）てみせる代助のアートに、愛の関係における、二人の意識の断層がはっきりと映しだされている。次の引用は見合いの前日、代助が三千代を訪問した時のものである。

何時でも斯んなに遅いのか（平岡が――注引用者）と尋ねたら、笑ひながら、まあ左んな所でせうと答へた。代助は其笑の中に一種の淋しさを認めて、眼を正して、三千代の顔を凝と見た。三千代は急に団扇を取つて袖の下を煽いだ。

（十二の二）

二人きりの空間で〈眼を正して凝と見つめる〉代助のアートは、確実に三千代の心を捕えてしまう。この夜、遠慮する三千代に、代助が無理に紙幣を受け取らせようとする時の言葉と所作も注目に値する。

代助は、叱られるなら、平岡に黙つてゐたら可からうと注意した。三千代はまだ手を出さなかつた。（略）已を得ず、少し及び腰になつて、掌を三千代の胸の傍迄持つて行つた。同時に自分の顔も一尺許の距離に寄せて、
「大丈夫だから、御取んなさい」と確りした低い調子で云つた。三千代は顋を襟の中へ埋める様に後へ引いて、無言の儘右の手を前へ出した。紙幣は其上に落ちた。（略）
「又来る。平岡君によろしく」と云つて代助は表へ出た。（略）代助は美くしい夢を見た様に、暗い夜を切つて歩いた。（十二の三）

例えば『行人』で、二郎の下宿を訪れた嫂と二郎が火鉢を挟んで向かい合う場面に、「顔と顔の距離があまり近すぎ」（「塵労」四）ないようにと「後ろへ反り返る」二郎の、青年らしい遠慮と比べた時、態勢に乗じて顔を至近距離に近付け、女の耳元に囁いてみせる代助のナルシスティックな〈アート〉は際立つ。見詰めあるいは囁き、あらゆる情熱的な〈所作〉で代助は三千代を魅了する。同時にそのアートにことごとく捕われてゆく、三千代の純朴な人柄も自ずと浮かぶ。しかも三千代の方では夫に秘密にすべき何事も心に無かったことは、嫂からの小切手の時と同じであるのに、代助の方がはっきりと〈平岡に内緒にするように〉「注意」を与えている事に留意したい。そしてこの次に三千代を訪ねた時、代助は三千代が、前回の〈紙の指

環〉の一件を平岡に話したかどうかを確かめるのだが、その問答にも二人の関係構造があらわに示されている。


「此間の事を平岡君に話したんですか」

三千代は低い声で、

「いゝえ」と答へた。

「ぢや、未だ知らないんですか」と聞き返した。

其時の三千代の説明には、話さうと思つたけれども（略）つい話しそびれて未だ知らせずにゐると云ふ事であつた。（略）自分は三千代を、平岡に対して、それだけ罪のある人にして仕舞つたと代助は考へた。けれども夫は左程に代助の良心を螫すには至らなかつた。

（十三の三）


この場面には、何か変だ、と読者に思わせるものが無いだろうか。その違和の焦点は、代助が「平岡に黙つてゐたら可からう」と三千代に「注意」を与えた事実が、二人の間では丸で無かったことのように会話が運ばれている事である。なぜ三千代は重ねて「ぢや、未だ知らないんですか」と問いつめる代助に〈貴方が内緒にしろと言ったから〉と応えずに、あたかも自分の罪を知られたかのように「つい話しそびれて」などと弁解するのだろうか。問題は此処である。

三千代は決して代助にそれを言うことができない。何故なら代助が三千代に対して持つ〈権力〉が三千代の言葉を封じているからである。すなわち代助の意志ではなく、三千代自身の意志で、三千代を〈平岡に対して罪のある人〉にしたい、という代助の無言の〈強制〉を三千代が敏感に感受して、そのとおりに行動しているということなのである。三千代は代助の共犯者ですらない。傀儡である。代助・三千代の関係に潜むこの〈権力構造〉はこれまで余りにも問題にされることが無かった。この〈紙の指環〉の一件は、代助が三千代に対して絶対的な支配力を持っていることを証すると共に、代助の三千代への関係の仕方が、三千代のうちに自己を拡張するナルシシズムの一形式に他ならなかったことをもはっきりと示している。

五　関係の手段化

代助は、平岡夫婦の中が溝を深めてゆくのを目のあたりにしながら「自分が三千代の心を動かすがために、平岡が妻から離れたとは、可うしても思ひ得な」（十三の四）い。テクストは代助のこの無自覚を反復強調することで言うまでもなく、実は代助が三千代の心を動かすためであることを示唆している。すると〈三千代の心を平岡から引き離して夫婦の仲を裂きたい〉と願っていることが代助の意識の〈死角〉だった事になる。代助のこの〈死角〉には何が覗いているだろうか。三千代への〈天意〉による愛なのだろうか。そうではない。何故なら代助が、三千代の自分に対する深い愛を認識し、「足がふらつ」（十三の五）くほどの衝撃を受ける路上の場面以降、テクストの言葉で言えば、代助の〈愛の逆上〉（同）の後は、三千代への芝居《アート》はすっかり影をひそめてしまうからである。そう考えると、残る理由はただ一つである。すなわち〈かつての恋人〉平岡への隠微な復讐心である。

代助と平岡の関係を同性愛と見たのは大岡昇平[11]だが、まさに〈恋愛関係〉と呼び得る濃密な愛憎のドラマを二人が経過して来ていることは否定できない。京都へ去った平岡からの手紙に対する代助の反応、その「不安」と「安心」（二の二）の繰り返しは、恋人に対する時の心の揺れそのものであり、また次に挙げるような部分にも二人の関係がどのようなものであったかが暗示されている。

> 代助は今の平岡に対して、隔離の感よりも寧ろ嫌悪の念を催ふした。さうして向ふにも自己同様の念が萌してゐると判じた。昔しの代助も、時々わが胸のうちに、斯う云ふ影を認めて驚ろいた事があつた。其時は非常に悲しかつた。今は其悲しみも殆ど薄く剝がれて仕舞つた。（八の六）

相手との少しの「隔離の感」も「非常」な悲しみとなるのは、激しく愛する者だけである。かつてそのように「接近」（同）していた平岡に対して今は「原因不明の一種の不快を予想するやうになつた。」（十の二）のは何故か。この〈原因不明の不快〉こそ、後に「かつては其人の膝の前に跪づいたといふ記憶が、今度は其人の頭の上に足を載せさせやうとするのです。」（『心』「先生の遺書」十四）と分析された、愛の関係が不可避的に孕むディスイリュージョンによる自己嫌悪の裏返しに他ならない。つまりひとたび結ばれた濃密な人間関係の必然の成り行きというより他ないものである。すなわち代助の〈昔の恋人〉とは三千代ではなく平岡なのである。したがって代助の意識の最前線に迫り出してくる、三千代との〈自然の愛〉の背景に、代助の大きな盲点、〈かつての恋人〉平岡に対する理不尽としか言い様のない復讐心を視野に入れなくてはならない。『それから』は、平岡と代助という恋人達に疎隔が正じ、決裂し、ついに仇同士になるまでの〈裏のドラマ〉をもつのである。そして代助の盲点に照明を当ててゆく読解の為の操作は、ロールシャッハテストの図柄が反転して全く別の光景を出現させるように、このテクストが実はこのもう一組の恋人達の〈訣別のドラマ〉をこそ語ろうとして来たのであるという事実に逢着する。

三千代は代助に魅せられることで、自ら知らず代助のカードとして、平岡への復讐を代行させられたのである。しかし一層重要な問題は、これが、つまり三千代と言うカードの使用が、過去にあったことの反復であることだ。代助と三千代の過去を語る記述は簡略なものであるが、代助が結婚を望まず、自分の責任が見えない、という基本的な意識構造において現在といささかも変化が無いことだけは明瞭である。三、四年前の代助の、三千代への最初の裏切りの真相は、菅沼生前の次の叙述に窺うことができる。

> 三人（菅沼・三千代・代助―注引用者）は斯くして、巴の如くに回転しつゝ、月から月へと進んで行つた。（略）遂に三巴が一所に寄つて、丸い円にならうとする少し前の所で、忽然其一つが欠けたため、残る二つは平衡を失なつた。
>
> （十四の九）

この傍点部分が示す「三巴」の力学は何を意味するだろうか。何故円はその時直線となり残された二人は結ばれなかったのだろうか。この一行が意味しているのは、代助にとって菅沼という人物がどれほど大きな存在であったか、つまり平岡の前の代助の〈恋人〉が菅沼だったという事実である。しかし三千代は代助が求婚してくれるものと思い込んでいたはずである。もしそうでなければ「何故捨ててしまったんです」という三千代の言葉は有り得ない。「三巴」の時期、現在と同様に代助はさまざまの〈所作《アート》〉で三千代の心をやすやすと動かしておきながら、三千代との結婚問題を「愚図愚図」の儘放置し、菅沼の死後、急「接近」した平岡への贈り物とし、その問題を片付けてしまったのである。三千代のこの一言は、二人の過去に沈んだこれらの事情を明らかに照らし出す。三千代が兄の死後、現在に至るまで胸に秘め、どうしても代助に問わねばならなかったのは、代助のその〈責任〉である。〈何故捨てたのか〉という言葉は、あれほど私の心を動かしておきながら何故その責任を取ってくれなかったのか、を意味する。しかしそのような責任は情に訴えるものでしかないために、代助のように論理的な人間は容易に無視できるわけである。

代助は一度投げた〈切札〉を、今度は当の平岡への復讐のため、そして以前と同じく「進まぬ」（十三の二）結婚を回避するための自己合理化として、またもや「必要」（同）としたのである。[12] その〈必要〉のアイロニカルな意味合いは、次の引用に明らかに示されている。

> 代助は今相手の顔色如何に拘はらず、手に持つた賽を投げなければならなかつた。上になつた目が、平岡に都合が悪からうと、父の気に入らなからうと、賽を投げる以上は、天の法則通りになるより外に仕方はなかつた。（十四の一）

〈賽を投げる〉事が、運を天に任せる、の意ではなく〈切札〉（三千代）を意味している事に注目しなければならない。[13] 愛の実相も〈性格〉のように矛盾に満ちている。

過去から現在に至る、代助の対他関係の軌跡が明かしているのは、〈平岡が依頼したから〉あるいは〈菅沼が死んだから〉のように、常に責任を他へ転嫁する責任回避の体系であるが、それはまた同時に、他との絆（関係）を自分の人生のための何らかの、〈方便〉と化す生き方である事実をも示す。このような生は、必然的に人間を全人格としてではなく、機能として感受し勝ちとなる。三千代が大事な〈切札〉ならば、長井家は代助にとって家族であるよりも生活の保障という機能に還元されていた。ところで代助は「自己本来の活動を、自己本来の目的としてゐた」はずであった。

自己全体の活動を挙げて、これを方便の具に使用するものは、自ら自己存在の目的を破壊したも同然である。（十一の二）

代助は意識的にはこのような生き方を標榜しつつ、〈現実の関係〉においてはことごとくを〈方便の具に使用〉し、〈関係それ自体の目的を破壊〉する人間として自らを作り上げてしまったのである。代助の〈悲しむべき進化の裏面の退化〉（二の五）の核心はこの事実であり、またこれが代助自身の最大の盲点でもあった。

つまりこういうことである。長井家で起きた結婚問題と、再会した三千代との関係は本来別個の問題であり、したがって代助は当然別個に対応し、それぞれに自分が置かれた立場での責任を果たすべきであったのだが、先に触れたように「肝心の自分というものを問題の中から引き抜」（『心』「先生の遺書」七十二）きたがる心性の故に、換言すれば「衝突の結果はどうあらうとも潔よく自分で受ける」（十五の二）姿勢を欠いていたために、どうしても三千代の方を「拵へ」（十四の五）ねばならなくなったのである。これが代助の意識の詐術の最たるものである。代助の苦痛が、正確に言えば縁談の〈承諾〉ではなく〈断り〉の方、つまり家との衝突であったことを思い起こさなくてはならない。代助の「自然の愛」という言葉が、来たるべき家との衝突の結果、自分が失うものの〈代償〉として現れたのは見逃せない事実である。

さうして其償には自然の愛が残る丈である。（十三の二）

そしてこれ以後、結び付けられてはならない〈縁談を断る事〉と〈三千代の関係〉という本来全く別々の問題は、決して独自には遂行し得ない相互依存性を強め、次のように〈呪縛〉の如き様相を呈する迄になる。

①已を得ないから、三千代と自分の関係を発展させる手段として、佐川の縁談を断らうかと迄考へて、覚えず驚ろいた。（十四の一）

②たゞ断つた後、其反動として、自分をまともに三千代の上に浴せかけねば已まぬ必然の勢力が来るに違ないと考へると、其所に至つて、又恐ろしくなつた。（同）

しかし代助の意識に上ったこの二つの事態のどちらも実現することはなかった。現実となったのは、彼の意識の〈死角〉に潜んでいた第③の、本来の目論見、つまり〈縁談を断る〉ために三千代の方を「拵え」ることだったのである。こうして〈三千代の方を拵へる〉ことによって、喫緊の問題であるはずの〈パンのための労働〉の件が先送りされたのである。当然、三千代は代助のこのような意識構造及びその中の自分の役割などを知る術もない。しかし三千代の命懸けの恋は、代助のこの人生の枠組、すなわち〈関係の手段化〉故に必然的に生じてしまう、二人の意識の落差を察知せずにはいかなかった。三千代が、告白後の代助の態度にある衝撃を受け、その為に倒れたことはすでに述べた。

三千代が死ぬとすればそれは病の為ではない。「己を挙げて」その運命を託した代助に対する絶対の信頼が大きく揺らいだ時、三千代には生きる理由がなくなったのである。[14] 三千代は誘惑者代助に魅入られ、その揚句に殺される女である。成熟拒否の幼児的心性は、〈関係を方便の具に使用〉することが、「『僕が悪い』」(十四の十)では到底済まされない、〈魂の殺人〉であるという認識にはついに至ることなく、過去の過ちを繰り返し、〈関係それ自体の目的〉を破壊したのである。

六 〈引き延ばされた返事の物語〉

『それから』は、代助が「縁談を断るより外に道はなくなつた」(十四の一)という部分で一つの区切りをもつ。是迄と是以後とは、小説は全く別の原理によって動かされている。これ以後の展開、すなわち三千代に告白し、縁談を断り、平岡との対決をへて家と絶縁する、という現実の奔流は、ただ一つの偶然を契機として連鎖的に生じたのであって、もしそれがなければ、縁談の〈断り〉を除いてはそれらのどれ一つとして現実化されることはなかったのである。この事実は充分に留意されなければならない。その偶然とは、代助が「愈々積極的生活に入」（同）ろうと、青山へ出向いた時、来客の為父に会えなかったことである。もしこの時父との面会が叶っていたなら、たとえ縁談を断れたにせよ断れなかったにせよ、三千代への告白はあり得なかった。何故なら代助は、一度は断りに出かけたのに、この後は臆し、「もう一歩も後へ引けない様に」と、父との対決のための〈方便〉として三千代への告白があったからである。[15]

　父と決裂した後、予期していた三千代への「必然の勢力」などは全く現れず、むしろその逆に、〈援助を絶つ〉という父の威嚇で、すっかり「勢力」を削がれてしまったのだから、〈三千代への告白〉―〈父との対決〉の順序が逆になることは絶対にあり得なかったのは明白である。また、もし来客がなくて父との面談が叶い、そして〈断れなかった〉としたら、なおのこと告白などはあり得ないのだから、三千代は、長井家の来客、というはかない偶然によってやっと代助から愛の告白を聞くことができたのだった。しかし重要なのは、この偶然の導きによって三千代との関係が現実化しなければ、平岡との対決も当然あり得ず、したがって長井家との絶縁もなかったというテクストの戦略性である。

　来客のために父に会えなかった、というこの偶然の設定は、是だけのことを予測可能にすると共に、見方を変えれば、それによって呼び込まれた〈告白〉という一つの現実的行為が、雪崩を打った様に「運命の潮流」[16]を代助に巻き起こしていったのであるから、父に会うために青山へ出向いた時には、代助の成熟拒否の生が〈飽和点〉に達していたことを示している。その〈飽和点〉には、代助が父への返事を遅らせたために自ら追い込まれたのであった。すなわち『それから』は〈引き延ばされた返事の物語〉である。その〈引き延ばし〉の間に人生のすべての問題が絡み付いたのである。水面の釣針を取ろうとすると水面下から様々のものが絡み付いてくる様に。何故代助が是程までに返事を延ばさなければならなかったのかという問題はそう単純ではない。

代助が断れなかった理由は、生活の保障を失うという恐怖感に尽きていたのだが、注意深く読めば、それが代助固有の人間観による思い込みにすぎなかったことが理解される。家族が縁談を進めていったのは、当然の事ながら代助がはっきりと断らないからである。代助自身を自縄自縛にした〈断り〉即勘当という思い込みが示しているのは、長井家の援助が、基本的に家族としての情愛に基づいているという自明の事実が完全に代助の盲点であり、したがって代助にとっては金銭はただ金銭にしかすぎなかったということである。するとどうなるかと言えば、この金銭の授受の関係が、何時支配の構造に変化するかも分からない、という猜疑心がそこに胚胎してしまう。代助が父を軽侮しながらも常に警戒を怠らなかったのはそのためである。[17]

代助と父が決裂した後、嫂から代助に宛てた手紙がまさに長井家の意向そのものなのである。

兄夫婦が父と代助との中を取りなすつもりであること、それまでの生活費は嫂が計らってくれること、縁談の事は家族はもう諦めているなどの内容は、父と嫂の間に役割分担（嫂が取りなし役という）の黙契があること、すなわち〈断れば勘当される〉が、代助一人の思い込みに過ぎなかったことをはっきりと伝えている。したがって代助が是非ともここから読み取るべきは、三千代と自分のためにも長井家のためにも〈縁談を断ること〉と〈三千代との関係〉を結び付けてはならなかったこと、それぞれの問題に別個の責任のとり方をしなければならなかったこと、そして責任をとることが必然的に引き寄せる現実を引き受けなければならないこと、である。しかし未だ彼自身の人間観に起因する思い込みの内にあり、平岡との対決にのみ気をとられている代助には、手紙が示すこれらのすべてが見えない。長井家が代助と絶縁したのは、家族としての言葉をとうに失っていた代助の「本性」（十四の五）を知った時である。しかし代助を失った長井家の命脈も是迄である。何故なら平岡には、もう長井家の「会社の内幕」（十三の六）をあえて記事にしない理由が消滅したからである。代助の歩いた後には〈関係の手段化〉による〈関係それ自体の目的の破壊〉の光景が積み重なる。しかし三千代ともう会えない今、実存的にもはや何処へも行き場のないこの人物は、家の外へ駆け出してはみたものの、自らの狂気の中へ駆け込むより外に道がない。代助が錯乱に至る文脈が周到に用意されていた事は二章で考察したとおりである。そしてこの結末は同時に、三千代を伴い「積極的生活」に入る決意をした後にも、代助が最後まで引き延ばしていた問題が、パンのための労働、すなわち自己との対決であったことを明かしてもいるのである。
長井家は一度も経済的力関係をもって代助に臨みはしなかった。明らかな如く長井家は、文字どおり代助を〈援助〉していたのである。『それから』は、代助が彼自身の生き方と人間観、それ自体に付随する意識の盲点によって自ら追い詰められ、三千代を裏切り、長井家を道連れに破滅する物語である。石川啄木は〈今や空気は少しも流動せず、強権の勢力は普く国内に行き渡り、現代社会組織の発達は最早完成に近い程度まで進んでいる〉と〈時代閉塞の現状〉(18)を捉える。長井代助はそのような、停滞した時代の〈純粋精神〉として造型され、その独創性の故に近代文学の風景を一変させた〈乾酪《ちいず》の中から涌き出た虫〉である。

注
(1) 本書四章「〈意識〉の寓話──『夢十夜』の構造」に考察がある。
(2) 明治四一年四月『ホトトギス』
(3) 石原千秋「反=家族小説としての『それから』」(『反転する漱石』青土社 一九九七・一一)も、この部分に関して「以前の二人の関係への言及を、慎重にしかもあからさまに避けている」と指摘している。
(4) 竹盛天雄「手紙と使者『それから』の劇の進行」(『文学』一九九一・一)に「代助の知らぬ地点でひそかに危機的な要素が威力をもちはじめているかの気配が感じられる。」との指摘がある。
(5) クリストファー・ラッシュ『ナルシシズムの時代』(石川弘義訳 ナツメ社 一九八〇・一)

（6）兄との会見の翌日「頭の中」の「乾酪の虫」の様な「微震」のために、とうとう自分が「落ち着いてゐないと云ふ事を自覚し出した。（略）代助は昨日兄と一所に鰻を食つたのを少し後悔した。」（六の三）。父の場合は「父に呼ばれてから二三日の間、庭の隅に咲いた薔薇の花の赤いのを見るたびに、それが点々として目を刺してならなかつた。」（十の一）とある。

（7）断片――明治四一年初夏以降

（8）代助を時代そのものの具体相と見る論には、相馬庸郎「『それから』論」（『日本自然主義再考』所収　八木書店　一九八一・一二）に「代助のいう《神経衰弱》的状況に毒されているのが、他ならぬ代助自身」という指摘があり、前掲石原論文も「代助の姿の見事な要約」という見解を示す。

（9）この時の三千代の絶望の内実を知るためには、泉鏡花『薄紅梅』（一九三七・一）のお京が辻町糸七に言う「思ふ方、慕ふ方が、その女を餘所へ媒妁なさると聞いた時の、その女の心は、氣が違ふよりほかありません」という怨嗟が参考になる。

（10）中山和子「『それから』――〈自然の昔〉とは何か」（『国文学』一九九一・一）に「〈自然の昔〉は三千代においてこそ燦として明らかである」という見解を示している。

（11）「姦通の記号学」（『小説家夏目漱石』筑摩書房　一九七八・五）。前掲中山論文も、代助の〈昔〉に、〈三千代を犠牲にした〉〈平岡とのホモセクシャルな陶酔感〉を指摘し、示唆に富む。

（12）小谷野敦『夏目漱石を江戸から読む』（中公新書　一九九五・三）は、「結婚する気が起こらない、というのが代助の本心だとすれば、『好いた女を、貰えない』というのは後から付けた理屈でしかない」と述べている。

（13）小谷野敦も前掲書で「比喩の使い方が杜撰だ、というには、余りに奇妙である」と言及している。

(14)「微笑と光輝とに満ち」「『平岡君に僕から話す』」と、代助と二人で話し合ったにもかかわらず、看病してくれる平岡に三千代が、自ら涙と共に代助との事を自ら打ち明け詫びていることも、三千代の心の激震を裏付けている。

(15) 佐々木啓「『それから』試論――長井誠吾の存在」(『北見大学論集』38 一九九七)に「三千代を自分が負うべき衝撃の緩衝材としようとする」との見方があるが、小稿は〈パンの問題〉を〈恋の問題〉にすり替えようとする代助の欺瞞と見る。

(16) 断片――明治四二年一月頃より六、七月頃まで――

(17) この問題は『道草』の健三と島田の関係として再度作者の関心をよみがえらせている。健三が、払う必要のない百円を島田に与えた理由はただ一つ、〈昔その人に手を引かれて歩いた〉という記憶のためであり、ともかく〈その人〉は昔自分の家族だった、という倫理的な理由に拠っているのだが、島田の方では、証文を幾らかにでも売り付けさえすればそれでよかったのであるから、百円はただ百円以外の意味をもつことがない。

(18) 明治四三年八月

第七章

循環するエージェンシー

――〈欲望〉としての『門』――

私の生涯には、ひとつの模倣が偉きい力となつてはたらいてゐはしないであらうか。
（尾崎翠『第七官界彷徨』）(1)

一　はじめに――内在的な外側

『門』は、構成上当然説明されるべきであるのに説明されないまま放置されている部分が非常に多い奇妙なテクストである。例えば、先行研究にしばしば指摘されているように、小六の学資問題が、安井の報知に宗助が衝撃を受けてからすっかりうやむやになってしまい、坂井家に書生にという、その時の坂井の申し出はいつ小六と御米に伝えられたのかさえ曖昧なことのほかにも、①何故安井は御米を、妹と偽って宗助に紹介しなければならなかったのか、②御米が、安井の妹ではなく、妻であることが宗助に〈暴露〉されたのはどの時点だったのか、③何故宗助は急激に老人化しつつあるのか、④小六と宗助夫婦の生活を事実上左右する佐伯安之助は、なぜあたかも隠蔽されているかのごとくほとんど姿を見せないのか、などなどである。これらの叙述の空白は何を示唆しているのか。しかしそうした多くの〈欠如〉にもかかわらず、ある意味的な統一の満足を読者は得ることができるのだが、W・イーザーが述べるように「語られた言葉は、語られぬままになっている言葉に結び付けられて、初めて言葉としての意味をもつように思える」[2]のだとすれば、『門』ほど、こうした〈テクストの閉域〉に大きな意味生産性が込められた例はないのではないだろうか。

漱石の小説は、因果論的に容易に説明可能な外観と、そこからはみでる〈奥行きの感〉とのずれを絶えず読者に意識させ、意味論的顕現[3]（ウンベルト・エーコ）に引きずられまいとする〈抵抗〉を喚起する。そのずれの因は、細部が全体に奉仕するのでは無く、細部が全体（論理的に説明可能なテクストの外観）に対して反乱を起こし、矛盾葛藤を生じているからである。しかしそれもまた外観を通して〈内面〉を書くことを至上の価値とした近代の文化・芸術の歩みの普遍的な在り方の一つと言えるであろうが、漱石はそれを人間のホウルサイドを写す〈写生〉理論として方法化した。『創作家の態度』（明治四〇・二）は、そうした写生理論を考察するために、絶えず立ち返らねばならない多くの示唆を含んでいる。また『創作家の態度』のみならず、『作物の批評』、『写生文』（共に明治四〇・一）、『坑夫』の作意と自然派伝奇派の交渉』（明治四一・四）など『坑夫』前後に書かれた漱石の写生観・小説観は、この「散漫で滅裂で神秘」な二〇世紀的「人間の意識の全局面」（『創作家の態度』）を写す、という野心を語って飽くことがない。

漱石の写生理論とは概括するならば、人間に対する〈積分的〉な関心から〈微分的〉な関心への転換を図ることと言えるであろう。人間の微分化への関心は、人間というものを性格・気質などの概念から解き放ち、運動や変化へと向かうベクトルの束に変えてゆくことになる。この小説観の新しさが、テクストに独特なスタイルをつくり出すことになった。例えば、前作『それから』でも、平岡夫婦が帰京したために物語が始動するのではなく、主人公代助の実存的末期症状（神経衰弱）という磁場がはじめにあって、それに何らかの結末を付けるために平岡夫妻が鉄片のように吸い寄せられるのである。そこに時系列的な転倒が仕組まれている。(4)ある臨界状況が予め用意され、そこに何らかの刺激が投げられるや否や、それはたちまち化学反応のように、〈生涯を一瞬に凝縮〉したような過剰な反応を伴って一気に終末を迎える。その反応のプロセスを、あたかも倍率を高めた顕微鏡を覗き込んだ時の光景を模写するように、「散漫で滅裂」になる危険をも冒しつつ写生してゆくのが漱石の方法なのだ。漱石の主人公たちは、何事かが起こる場、いわば〈受動態としての人間〉(5)なのである。

外的な現実ではなく、他ならぬ人間の脳内を、何が起こるか分からない〈事件の場〉として設定したことが、漱石における〈実験性〉の具体相である。脳内が〈事件の場〉であるとは、当然、抑圧され隠蔽されている無意識界の構造が、主人公の〈意識の死角〉として問題化されることになり、主人公たちはそれぞれが抱え込む〈意識の死角〉によって操られる無防備な人間となる。漱石のテクストは、常にこのような精神分析学的な問題を伏在させており、主人公の意識の盲目化の様々な事例を通じて、解釈の豊穣をもたらすのである。

主人公の盲目化は、異文化、階級、ジェンダー、セクシュアリティ、歴史その他、様々なレベルにわたっており、テクストがあからさまに語らないもの、すなわち前提し、約束し、含意するものを、補集合として主人公の意識の外側に配置する。それらは内側ができるためにどうしても必要な外側、つまり内在的な外側[6]である。この内在的な外側は、隙あらば内部に侵入する機会をうかがう不吉な存在、すなわち〈事件〉の温床となる。内側に閉じ込められた外部は、デフォルメされた症候となって、時に再帰してくる。漱石的主人公の無意識は、したがって「一つの言語として構造化されている」（J・ラカン『エクリ』）[7]のである。漱石のテクストを読むとは、それら補集合を読むこと、すなわち主人公の意識の外側に配備され、内側の意識のつじつまを保たしめている構造を調べることと言えよう。

二　引き延ばされる小六問題

『門』は、第一章後半で明かされるように、主人公宗助の実弟小六に突然降りかかった学費打ち切り問題が発生してから二・三か月余り経過し、すでに当の佐伯と宗助双方の間で何度かのやり取りを経たところから始まっている。小六の引越しを小説の一つの区切りとすると、小六の同居前と同居後では、この問題が夫婦に及ぼす作用は、次のように変化したことが分かる。小六の同居前、この件は、夫婦の日常に入り込んだ瑣末として、むしろそれを通して彼等の

〈幸福〉を表象することに寄与しているのである。

上部から見ると、夫婦ともさう物に屈托する気色はなかつた。それは彼等が小六の事に関して取つた態度に就て見ても略想像がつく。（略）丸で忘れた様に済ましてゐる。御米もそれを見て、責める様子もない。天気が好いと、「ちと散歩でもして入らつしやい」と云ふ。雨が降つたり、風が吹いたりすると、「今日は日曜で仕合せね」と云ふ。

幸にして小六は其後一度もやつて来ない。（四の二）

この場合、小六問題は、「事を好まない」夫婦の日常を片付かぬままに通過している。『門』の冒頭で語り出される、小六の件のこうした収まり方は、小説の末尾でも〈幸いに去って行く〉という形で更新されるわけで、そう考えると、この小説は〈小六が通過して行く物語〉という一面をもつことになるのである。では〈小六の通過〉とは一体何が通過したことになるのだろうか。その〈通過〉の内実は何であろうか。

まず始めに強調しておきたいのは、小六の件は何やら不自然なまでに解決までのプロセスが引き延ばされていることで、あえて事態の進展が回避されているとしか思えぬ程の迂路を辿っているのである。この回避・引き延ばしの動機は、一番目には宗助の消極性であり、二番目に通信の行き違いという偶然の要素、三番目に伯母と安之助が、小六の学費の件に関して態度が一致しているのかいないのかがわざと曖昧にされていること、の三点である。「九月も末」になって、やっとこの問題のキイ・パーソンである安之助が突然「空から降つた様に」訪れはするものの、その結果は、「何れ緩くりみんなで寄つて極めやう」(四の十三)というもので、これでは何のために安之助が訪れたのか分からぬばかりか、「みんなで寄つて極める」実質的な交渉の場も一向に実現しない。つまり読者は、小六の問題が、絶えずはぐらかされてゆく経緯を冒頭から見せられてきたわけであり、それなのに結末でこの問題があっさり解決した時には、すでに読者の関心はこれを離れてしまっている、というのが小六の件の扱われ方なのである。

『それから』で、代助の生活の中に平岡夫婦が投じられ、また『道草』の、健三の単調な生活の中に島田が投じられたのと等しく、小六は宗助夫婦の〈静かな生活〉という磁場が引き寄せた「鉄片」(『倫敦塔』)のようなものといえよう。そうであれば、小六問題の引き延ばしは、宗助夫婦の間に小六を侵入させるための時期を準備していたということになるのである。夫婦の間に投じられた小六は、彼等の間に波紋をもたらすことになるのだが、その波紋は逆に、小六がどのような状況の中に投じられたのかをも明らかにする。小六は、宗助に自分の過去を思い出させ、御米の病気を誘発する。しかし最も重要なことは、宗助・御米・安井の間に起きた悲劇が再び繰り返されるかもしれないという可能性が生じたことである。このことを念頭に置いて小説の冒頭を振り返ってみると、この章にその蓋然性を示唆するファクターが出揃っていることに気付く。

宗助が散歩がてら手紙を投函しに外出した留守に小六が訪れて、閉ざされかかっている自分の将来について御米に訴える、という展開になるのだが、宗助が不在の間に御米と小六が語らうという場面は、小六の引っ越しの前後を問わず、幾度も反復されている。学費の件がぐずぐずのまま一向に進展しないのは、明らかに小六・御米の二人だけの場面を幾度も作ることを一つの目的としており、それは必然的に二人の仲を次第に接近させてゆく。奇妙なのはそれに対する宗助の反応で、安井への罪障感を深く抱き、絶えず小六に対し「己の様な運命に陥るだらうと思つて心配してゐる」（四の十三）のにもかかわらず、小六を同居させる危険に最後迄遂に気付かないのである。

○「（略）だつて六畳の方は小六さんが居て、塞がつてゐるんですもの」
　宗助は始めて自分の家に小六の居る事に気が付いた。（九の三　傍点引用者以下同様）

○「小六さんは、安さんの所へ行くたんびに、小遣でも貰つて来るんでせうか」
　今迄小六に就て、夫程の注意を払つてゐなかつた宗助は、突然此問に逢つて、すぐ、「何故」と聞き返した。（十の二）

　このように宗助は、小六を目の当たりにしていない時には、小六の存在そのものも忘れがちなのである。つまり宗助は小六に自分の昔を投影しているだけで、生身の小六自身は見えていないことになる。だから御米と小六を残して鎌倉へ行ってしまうこともできたのだが、宗助の、この無関心さ（＝盲点）がかくも強調されていることが逆に小六という存在の意味の重さを示唆している。宗助の参禅は、見方を変えるなら、小六と御米が二人きりで十日余りを過ごすこと、すなわち〈宗助の不在〉の文脈の完成なのである。つまり宗助が安心立命の境地を求めて「平生に似合はぬ冒険」（十八の五）を試みている期間は、現実的には宗助の盲点が、言い換えれば宗助の、運命に対する無防備さが頂点に達した時でもあったのである。これが『門』の最大のアイロニイと言えよう。事実、宗助も御米も、過去において「何時吹き倒されたかを知らなかつた」（十四の十）のである。「何時吹き倒されたかを知らなかつた」のであれば、〈安井の不在〉こそが、無防備な二人の現実的な落とし穴となったであろうことは想像に難くない(8)。その経験がありながら、この現在の家庭の状況に対する不思議なまでの宗助の無関心は、悔恨が再度の悲劇を回避するために少しも役立てられないであろうことを示す以上に、おそらく、宗助の悔恨とは、意識の深層においてそれを密かに期待するような性質のものであることを暗示するのである。

三　〈老人化〉の表象

宗助は小六に〈自分の過去〉を見るように思い、坂井に対して〈自分が順当に発展していった未来〉（十六の二）を見ている。そして過去の自分である小六と、順当にいった場合の自分である坂井との間で〈今、此処〉の自分自身は透明化している、すなわち空洞化しているのである。現在の自分が空洞化しているとは、「中が丸で腐つて居」（五の三）ることと同義である。

宗助という人物の外面的な特徴といえば、それは急速な〈老人化〉以外にはない。それが誰の目にも明らかな事実として反復強調されるこの人物の特徴である。

「おや宗さん、少時御目に掛、らないうちに、大変御老けなすつた事」（四の六）

誰の目をも引きつけずにはいない宗助の異様な老人化は、宗助のまなざしが現実のどこにも向けられていないことと結び付いている。(9) ここには過去の罪に帰せられない、何か過剰なものが表現されていることは明らかだ。『それから』『道草』『明暗』などと同様に『門』においても〈消えぬ過去〉のコードが、現在の説明のための格好なアリバイとして配備され利用されているのである。

宗助が坂井から、安井の接近を聞かされ衝撃を受けた時の次の文章は、宗助の意識下でどのような操作がなされているのかという問題を考える時、注目に値する。

> 此二三年の月日で漸く癒り掛けた創口が、急に疼き始めた。（十七の二）

すなわち彼等の過去は遠ざかりつつあったわけである。さらに、

> 二人は兎角して会堂の腰掛にも倚らず、寺院の門も潜らずに過ぎた。さうして只自然の恵から来る月日という緩和剤の力丈で、漸く落ち付いた。（略）互いに抱き合つて、丸い円を描き始めた。彼等の生活は淋しいなりに落ち付いて来た。（十七の二）

彼等が幸福な夫婦であること、そして過去の傷は次第に癒されつつあったと語られている事実は重要である。それならば、安井の報知に接した時の「今迄は忍耐で世を渡つて来た。是からは積極的に人世観を作り易へなければならなかつた」（十七の五）という「忍耐」の語の唐突さは何なのか。宗助は何かを忍耐してきた。そして坂井から安井のことを聞かされた時、ダムが決壊したかのように何かが流出した。この文脈は、ささやかな生活の気配に隣接しながら、一人、〈暮れてゆく座敷の中で黙念としている〉（九の三）、宗助の実存的形象を新たに意味付け

る。それは実は何かを耐えている姿として、繰り返し表れていたのである、[10]と。つまり御米・宗助の関係を語る文脈と、宗助のみを語る文脈には大きな齟齬があり、夫婦関係においては、希有な融和を果たした幸福が強調される。しかしその中で、宗助は何かに耐え、崩壊し、老人化しつつあることも確かなのだ。概括するならば〈遠ざかる過去〉と、〈募りつつある実存的危機〉という背理の中にこそ『門』の内的ドラマが仕組まれているはずなのである。この矛盾をどう捉えるべきか。

すなわち宗助は、御米との〈類いまれな融和〉の中で、自らの生命力を枯らしつつあったと考えざるを得ないのである。次の引用に注目したい。

> 二人は世間から見れば依然として二人であつた。けれども互から云へば、道義上切り離すことの出来ない一つの有機体になつた。二人の精神を組み立てる神経系は、最後の繊維に至る迄、互に抱き合つて出来上つてゐた。（十四の一）

二人は「愛の神に一弁の香を焚く事を忘れな」い。しかしこのような緊密な関係は、その裏面としては、極端な自閉性を余儀なくされる、一つの呪縛の形式たるを免れない。宗助の神経衰弱はその兆候として表れている。

宗助は、「自分と御米の生命を、毎年平凡な波瀾のうちに送る」（十五の二）他には当面何の望みも、意識的には無いのかもしれない。しかし宗助の視線が捉える外的世界は、宗助が意識下に封じ込めているものを複雑に反映させている。宗助の目の前を〈通り過ぎてゆくものの映像〉に注目したい。宗助が、年末に床屋の順番を待っている間「表通の活動」（十三の一）を見る場面には、そのような宗助の心象が克明に表現されているといえよう。

> 年の暮に、事を好むとしか思はれない世間の人が、故意と短い日を前へ押し出したがつて、齷齪する様子を見ると、宗助は猶の事この茫漠たる恐怖の念に襲はれた。成らうことなら、自分丈は陰気な暗い師走の中に一人残つてゐたい思さへ起つた。漸く自分の番が来て、彼は冷たい鏡のうちに、自分の影を見出した時、不図此影は本来何者だらうと眺めた。
>
> （十三の一）

この場合の「恐怖」とは、一応収まった御米の病気が、何時再発するかも知れないという懸念を指すのだが、その恐怖を誘発するのが傍点部分である。この傍点部分は何を意味し、なぜ宗助はそれに恐怖を感ずるのか。〈齷齪と日を前に押し出したがっている表通りの活動〉とは、いうまでもなく、「牛と競争をする蛙」（『それから』六の七）のように膨脹を続ける、明治日本の喧騒のメタファである。そして宗助はそのような〈活動〉からドロップアウトした男として自己を見なしていることをこの場面は示唆している。宗助の視線は、〈表通りをぞろぞろ通り過ぎるもの〉に対して恐怖と不安のまなざしを向けるのである。そこに、意識下へ抑圧されている何らかの心理的傾向を見ることができよう。床屋を舞台にした『夢十夜』「第八夜」はこのような、時代の不幸を寓意的に表現したテクストであり、『門』のこの場面の傍らに置いてみる時、宗助が、背景としてもつ〈空洞〉の意味を示唆している。[11] つまり、「第八夜」の「立派な自分」が老人化してしまった姿が宗助なのである。老人化の内実は、〈この影が何者か分からない〉ということ、換言すればシニフィアンとシニフィエとの決定的なずれが、宗助の中で暴露されてしまっていることだ。こう考えるならば、宗助の〈忍耐、恐怖、不安〉は〈過去の罪〉とは微妙に乖離してしまう。床屋の場面であからさまにされている宗助の不安や恐怖とは、もっとずっと対自的なもの、それは、ある境界を踏み越えてしまった男が、自分が失ったものの大きさをふと感じてしまう時のものである。

大澤真幸は、『〈自由〉の条件17　スキゾは本当にやってきた』[12] の中で、ヒステリーや多重人格などの神経症を歴史的に再検討し、ヒステリーが一九世紀の先端的テクノロジーである鉄道の普及と結び付いていた事実に着目し、ヒステリー的不安の中核は「乗り遅れる」という不安であると述べている。すなわち「鉄道旅行は鉄道網が覆う空間を単一の全体として一挙に把握する知覚を可能にする」ものであると述べた後、続けて次のように言う。

列車に乗るということは、未来に属する普遍的・包括的な経験的可能領域に参入しているということを意味し、乗り遅れるということは過去に属する特殊的・限定的な経験可能領域に閉じ込められていることを意味する。

つまり「十九世紀から二十世紀初頭のヒステリーという現象」は、資本主義的社会システムの中に「乗り遅れる」という恐怖を増大させていったことを示す病理なのである。この論議は宗助が陥っている神経衰弱の内実を示唆している。安井との共生感をもち、〈乗り遅れる〉ことなど夢にも思わなかったであろう全能感のうちにいた宗助は、女に囚われ、〈関係の呪縛〉の中に取り込まれ転落してしまった。年末に、世間のざわめきに晒されながら、床屋の中から「表通の活動」を見ている宗助を襲うのは、資本主義的競争原理の中での失墜感、すなわち自分がすでに〈過去に属する限定的な経験可能領域に閉じ込められてしまっている〉ことに対する恐怖・不安であると考えられる。

宗助が鎌倉で、御米に手紙を出すために山を下る場面の「さうして父母未生以前と、御米と、安井に、脅かされながら、村の中をうろついて帰つた。」（十八の七）という一文は極めて不思議な一文である。ここになぜ御米の名があるのだろうか。思い起こせばこの小説の始め第二章にも、手紙を投函するために宗助が街をうろつく場面が置かれていたのである。この反復性は、あたかも圧縮と移動という夢のメカニズムのように、鎌倉という異空間に宗助の平生の意識の基層に抑圧されているものを浮上させていることを示唆している。すなわち〈御米と父母未生以前本来の面目と安井〉とが、宗助に応答を求めてやまない他者からの呼び掛け、すなわち「第三夜」のように、宗助に取り付いて離れぬ〈背中の小僧〉を構成するものたちである。

宗助夫婦は「一つの有機体」（十四の二）となる程の希有な和合が孕みもつ、関係の呪縛によって、その閉塞性がもたらす〈結核性のあるもの〉のために疲弊するのである。[13]〈一心同体〉であることの恐怖を余す所なく描いた、ポーの「アッシャー家の崩壊」のアッシャーとマデライン兄妹を思い起こすまでもないであろう。『門』は、秋から冬へという季節の推移につれて、このような意味において疲弊するものの精神風土が、〈近来の近の字〉が分からない、鏡の中に統一的な自己像を見出せない、などの、象徴作用に関する病理の症状として徐々に明らかにされ、それと入れ替わるように小六の件は背景へ退いてゆくという構造をもつ。その分岐点が年末の床屋の場面であり、小説はここから一気に転調する。

四　楽園追放の物語

正月に宗助は坂井家に招かれ、坂井との対座のうちに小六の学費問題の解決を見ると同時に安井の接近を知らされる。宗助はその途端に、願ってもない解決がもたらされたことを小六に報告することさえ失念してしまい、以後、小六の件はあたかも物語における機能を終えたかのように終盤まで現れることはない。これは何を意味するであろうか。宗助が自ら意識化を回避している最も深い感情が〈安井〉に向けられたものであることは疑い得ない。すなわち〈安井〉は宗助の欲望そのものに他ならないということだ。〈安井〉の名によって喚起された宗助の懊悩は〈安井〉という「原因」を切り離してしまい、今現在の「自分の心」（十七の五）だけが偏重される。言い換えれば〈安井〉というシニフィアンは、宗助が経験的に知っているあの安井とは対応していない。立川健二は固有名について「〈空虚なシニフィアン〉である固有名詞は、その空虚＝シニフィエ・ゼロを目指して押し寄せてくる主体の様々な情念や想像にとらえられ、ディスクールのレベルでは逆に多義性を獲得してしまう。」（立川健二・山田広昭『現代言語論』[14]）と述べる。

〈安井〉はまさにこのような〈空虚な／多義的なシニフィアン〉なのであり、確定的な意味を示さないが、宗助への影響力としてのみテクスト内で機能している。宗助の様々な情念や想像の象徴である〈安井〉は、経験的・実体的な人物なのではなく、かつて〈男同士の絆〉で固く結ばれていた頃の宗助自身を反照する鏡である。そして現在、宗助は鏡の中に自己の意味的統一像を見出せなくなっている、ということは、『門』は、楽園追放の物語、すなわち男同士の同質的ユートピア（想像界）からの追放の物語であることを意味する。宗助が陥ったのは、自己を閉塞させる呪縛としての異性愛規範と、しがない下級官吏として社会システム内に自己同定することであった。異性愛と職業、社会に人間として存在するためのこの二つの条件を満たす努力の中で宗助が病みつつまたその老人化が早められていることが明らかとなる。

『門』は夫婦の関係の起源を、宗助の親友への裏切りとして語っている。しかしそこには愛する者を獲得するという、積極的な要素が注意深く排除されている。それのみならず、あたかも事故ででもあるかのように、落とし穴に「突き落とされた」（十四の十）ような被害者性が強調され、当事者性は逆に希薄である。また宗助が落とし穴に突き落とされることなく「順当に発展して来たら、斯んな人物になりはしなかつたらうか」（十六の二）と指す、対象坂井とは社会的に何もしていない人物、「遊んでいる」人物なのである。これら一連の奇妙な事実は、『門』が、いわば来歴を詐称するテクストであることを示している。すなわち『門』は、「一般社会」（十四の二）からの追放の物語ではなく、「一般社会」への追放の物語なのである。テクストは起源を偽装する。宗助にとって世界は、鏡像自己として映しあった安井の喪失によって変容し、「赤黒く縮れ」（十一の二）てしまったのである。先に触れた、宗助の〈遅れ〉に対する怯えの身体感覚も、〈安井〉の喪失とともに時間が停止していることを示す。「自然の進行が其所ではたりと留まつて、自分も御米も忽ち化石して仕舞つたら」（十四の十）と宗助は回想するのだが、確かにその時から宗助は異質の時間性の中に放り込まれたのである。

〈安井〉の名によって動揺する宗助の心性を覗き込むと、〈安井〉の喪失によって抑圧され出口を求めていた、様々な〈情念〉の跳梁を見出すことができる。坂井の報知による〈安井〉が、あの安井と同一人物なのかどうか分りはしないのに、宗助はそれが安井であることを自明のものとして、「冒険者」（十六の五）としての〈安井〉のイメージを新たに育て始める。（事実、安井はこの小説には『こゝろ』のKのように回想としてしか登場しない人物である。）宗助は安井の姿を、「余所から一目彼の様子が眺めた」（十七の四）いと思う。もしこの時、実際に当人を目の当たりにすることができたなら、それは充当されるべきシニフィエを見出すことであり、その時、シニフィアン〈安井〉がもつ、宗助への底知れぬ影響力は消滅したはずなのである。しかし、安井を「見たいといふ好奇心は」何故か「全く抑えつけられてしま」い、安井と御米の接近すら気遣う余裕もなく、姿をくらますのである。おそらくその遁走には、過去の、自分の人生の絶頂の時の姿だけを安井の記憶にとどめておきたいという、別れた昔の恋人に抱く密かなプライドも大きく働いていたであろう。しかし、この状況に御米を置き去りにすることの危険に対する宗助の無防備さは何なのか。ここにこそ宗助の最も深い欲望を見ることができよう。すなわち宗助は、自ら安井の身振りを演ずることによって、つまり不在の状況をうっかり作ってしまうことによって、〈起源〉へ回帰しようとしているのである。「現実と見えるものもじつは過ぎ去った過去の反映」[15]なのだとフロイトは述べている。御米を奪った宗助は、自らも奪われることによって安井との同一化を図ろうとするのである。

そもそも学費の件に何の対策も講じないままに、小六との同居という事態だけが招きよせられていったプロセスの中に、すでにそれが「偶然ではなく、予め決定付けられた出来事」[16]であることを、すなわち宗助の、自らも意識できない安井への欲望が読み取れよう。反復強調される宗助の〈不在〉の意味もそれ以外のものではない。すなわち宗助が逃げ回ることの意味は、

〈安井を演ずる〉ために、〈安井と同一化したいという欲望の持続のために安井を迂回する〉ということなのである。なぜなら快楽は、欲望の実現のうちにではなく、欲望が欲望としてとどまることにあるのだからである。

宗助が安井を迂回しなければならないのは、シニフィアン〈安井〉への囚われを演じ続けるためである。言い換えれば〈安井〉というシニフィアンにシニフィエを充当することを回避し続けることである。それは記号操作の不全に陥っていることと同義である。表象と内容とを関係付けるコードとしての記号、その記号操作の不全は、すでに小説冒頭で宗助が「近来の近字」が分からないという場面に示唆されていた。宗助の神経衰弱とはこの記号操作不全によって、約束事の意味の世界に、つまり言語の象徴体系の中に組み込まれ損ない、無力な知覚の束となって不安のたゞ中に晒され続けることを意味する。しかしなぜそうなるのか。「考え過ぎ」たためなのだろうか。そうではない。宗助が記号操作不全に陥っているということは、宗助がいまだに〈安井の喪失〉から〈喪失の物語〉を編み出し得ず、〈喪失〉そのものを生き続けていることを意味するのである。『こゝろ』の〈先生〉はKを喪失したが、喪失に関する壮大で感動的な物語（作品）を作り上げることによって、その喪失を象徴的に奪還し、主体的にKへの殉死を選択することができた。〈先生〉と呼ばれた人物が、非常に優れたストーリーテラーであることに注目しよう。『こゝろ』をこの意味で準拠枠とする時、宗助の状況はようやく明瞭な輪廓を現わす。

宗助はあたかも失語症であるかのように、〈喪失についての物語〉を作ることができない。「言訳が何にもなかつた」（十四の十）とは、自分の行為についての解釈を、言い換えれば〈物語〉を拒否していることに他ならない。誰もが自らについての〈物語〉を紡ごうとするのは自らの歴史を持つことによって自分の〈今、此処〉を定め、次なるステージに進むためである。宗助が自分達夫婦の〈物語〉を持とうとしないのは、そのように人生を更新することを意識下で拒否しているためである。佐伯の叔母に父の遺産についての釈明を聞いた時も、宗助は自分と小六に降りかかった遺産横領という重大な事態についての判断や総括ができず、『こゝろ』の〈先生〉の鋭敏過ぎる反応とは対照的にただ「ぼんやりして」（四の十）しまう。〈解釈〉することから隔てられたこの徹底的な受動性は、鏡像自己を初めて把握する以前の、幼児の無力さと類比的である。宗助が主体としての自己を回復するためには、〈安井の喪失の物語〉を作り上げる他に方法はない。それができた時、自我はその経験の生々しさを失うかわりに喪失を越えてゆく意識の回路を見出すことになる。

〈失われた安井〉すなわち〈失われた私〉の機能は、〈失われた私の物語〉を担保にしてしか、言い換えれば〈喪失〉を〈喪失の記号〉に置き換えることでしか奪還できないのである。それを拒否することは成熟を拒否することに他ならない。したがって宗助は、安井とともに生きた、幸福な〈子供時代〉を失ったまま、その喪失そのものを生き続ける行為体《エージェンシー》である。それこそが「自分丈は陰気な暗い師走の中に一人残つてゐたい」（十三の一）宗助の欲望の内実である。『門』

は、鏡像自己が突然失われた結果、崩壊してしまった自我が、自己を映し出す他者を見出せないままに「自分と薄くなつて行く」（十八の七）物語に他ならない。テクストはそれを詐称し、あたかも過去の罪の物語であるかのように装うのである。[17]

五 循環する〈欲望〉

彼は後を顧みた。さうして到底又元の路へ引き返す勇気を有たなかつた。彼は前を眺めた。前には堅固な扉が何時迄も展望を遮ぎつてゐた。（二十一の二）

この、二度と引き返せない「元の路」とはどこを指すのであろう。それはホモ・ソーシャルな欲望からヘテロ・ソーシャルなそれへの劇的な転換が行われた地点、〈安井がいた場所〉、そして今は恐怖と不安を掻き立てて止まない〈活動する表通り〉に近接した場所である。そこに引き返す道はもはやなく、〈悟り〉のような伝統的安定的世界観への道も閉ざされていたのである。参禅行は結局の所、宗助を一層老人化させたのみであった。そして〈安井〉はなおも宗助の中で「冒険者」のような、非日常的な独身者のイメージのまま多様に豊かに意味を、すなわち価値を生産し続けるであろう。なぜなら先述したように、シニフィアン〈安井〉は、決して再会してはならないというタブーによって、一層煽り立てられる宗助の欲望そのものだからである。

このように考える時、三人の間で生じた過去のいきさつがあらためて問題になる。第一に〈何時吹き倒されたかを知らない〉などということは常識的には有り得ない。もし親友を、そして夫を裏切る覚悟をした戦慄的な瞬間なくして、タブーが〈知らぬ間〉に侵犯されてしまったのなら、つまり三人が共に〈運命の面白半分〉の犠牲者であったのなら、それは三者の関係が余程緊密な〈三巴〉であったと考える他はない。つまり御米は、少なくとも心理的に安井と宗助に共有されていたということである。このように考えると、安井がなぜ御米を宗助に妹として紹介したか、の疑問が解けてくる。すなわち安井は御米を宗助に妻として紹介したくなかったのである。御米は、したがって男二人の間で、妻にして妹という玉虫色の存在であることを強いられたことになる。それは宗助・安井の関係をどのように変えたであろうか。

○紅葉も三人で観た。（十四の九）
○次の日三人は表へ出て遠くへ濃い色を流す海を眺めた。（十四の十）
○三人は又行李と鞄を携へて京都へ帰つた。（同）

「三人で」の反復が示しているのは御米を媒介にして更新され、一層深められた安井と宗助のナルシス的ホモ・ソーシャルなあるいはホモ・セクシャルな欲望である。宗助と安井との関係は、おそらくイヴ・K・セジウィックが分析したシェイクスピアの『ソネット集』の中の〈私には愛をくれ、愛の営みは女達に恵むがいい〉[18]に近似したものだったであろう。不自然さを冒してまで、御米を妹として宗助に紹介した行為の中に、妻を奪われる危険を知りつつそれに気付かぬふりをした安井の密かな主観の操作がなかったとどうして言えようか。そのようなサスペンスを安井が準備し、宗助はまさしくそれを享受した。これこそが三者の関係構造だったのであり、したがって三者のバランスは、「気紛」（十四の十）な風の一吹きであっけなく崩壊する危険を始めから孕んでいたのである。「私は、外的（現実的）な偶然は信じるけれども、内的（心理的）な偶然は信じないのである。[19]」というフロイトの言葉はこの関係構造が破綻していった機微を言い当てている。「何時壊れるか分らない」（一の二）崖に象徴されるような、夫婦の生活に漂う危機感は、したがって三者の、起源の関係に潜在していたサスペンスの暗喩に他ならない。それは〈先生と呼ばれた男〉が親友Kを自分の下宿に呼び寄せた時に生じたものと同工であろう。シニフィアン〈安井〉は宗助の悔恨として、郷愁をそそって止まない失われた王国として、またその空白が招き寄せる想念の磁場として、宗助に取り憑いて離れない。そして御米はそのような男達の関係から疎外されてゆく二〇世紀のファム・ファタルである。

事件や出来事はシニフィアンであり続けながらもそこから意味を引き出す記号として提示されており、そこから意味が産出された時、出来事の偶然性は消え去る。[20]したがって〈言い訳がない〉ということ、つまり〈物語られないことを止めないこと〉によって、安井・宗助・御米三者に起きた事件はあくまで偶発的なものであり続ける。すなわち事件が反復されること、別言すれば〈宗助が安井になること〉が潜在的に可能となる。宗助の小六に対する無防備さや「ぐずぐずな」態度が、徐々に御米と小六の関係を緊密化し、サスペンスを醸成・準備しつつあることはすでに検討してきたとおりである。小六が坂井家の書生になることは、小六が〈通過〉するどころか、あくまで夫婦の至近距離にとどまり続けることを意味するのだから。

宗助は、安井に二度と会えないのだが、また安井に再会しない限り、自ら捏造した〈安井〉に囚われ続ける他はない、というダブルバインドを生き続ける。そして御米もまた、宗助にとってもはや断ち切ることの叶わないもう一つの呪縛なのであり、二人は互いの生命の炎の絶えざる衰退を確かめ合う関係として互いに結び付けられている。このように考える時、「だから余り女を見るのは善くないよ。」（『夢十夜』「第十夜」）という言葉が呪文のような力を持って『門』というテクストを覆っているのが見える。しかし男同士の絆に潜在する女性嫌悪、というこのような構図は、漱石に限った事ではない。鷗外の『舞姫』以来、天皇の国家の男達は、女を〈自然〉に属するものとしてジェンダー化し、支配しつつ忌避してきたと言い得る。鴎外のもう一つの〈舞姫〉である『玉篋両浦嶋』（明治三六・一）の「浦島太郎」が「乙姫」に別れを告げる時の言葉に注目したい。

色も香もある　おことを棄て、／ここのみやゐを　たちさらんは、／こころぐるしきかぎ

りなれど、／おことは自然、われは人、／おことは物の、おのずから／成るを　よろこび、
われはまた／ことさらに事を　為さんとすれば、／ふたりのこころは　合ひがたし。(21)
（傍点引用者）

この別れの言葉はそのまま太田豊太郎のものでもあるだろう。男達は望郷ではなく、「ことさらに事を為さん」がために「ふたりのこころは合ひがたし」として恋愛を否定する。(22)「事を為す」とは、『門』の文脈に則していえば、日本を侵略へ、戦争へと駆り立てる「表通の活動」に加わることに他ならない。そして伊藤博文暗殺に対する宗助の無関心さは、宗助が、かつて安井と共に見ていたであろう、その「表通り」からの隔絶を示している。したがって『それから』から『門』への道筋は、自分の愛する分身（男の）を喪失したユートピア解体の悲しみと、過去の至福への高まる郷愁とを「表通の活動」からの絶えざる後退として描き続けることであったと言えよう。それはまた『門』が、男同士の社会的絆に潜む同性愛タブーを回避するための、異性愛規範という文化的条件を必死で演じるテクストであることとも同義なのである。

注

（1）『文学党員』一九三一・二
（2）『行為としての読書』（轡田収訳　岩波書店　一九八二・三）

（3）『エーコの文学講義』（和田忠彦訳　岩波書店　一九九六・五）
（4）本書第六章「〈復讐劇〉〈切札〉〈乾酪の中の虫〉――『それから』の殺戮」――」でこの独特の〈語りの言説〉について考察した。
（5）前掲拙稿
（6）新宮一成『無意識の序曲』（岩波書店　一九九九・八）
（7）ジャック・ラカン『エクリⅠ』（弘文堂　一九七二・五）
（8）酒井英行「『門』の構造」（『漱石　その陰翳』有精堂　一九九〇・四）では「夫の留守に逢瀬を重ねて愛を確かめる」ことに『それから』との連続性を見出している。小稿とは論旨が異なり、この点に連続性を見る訳ではないが、「夫の留守」への着目が示唆的である。
（9）拙稿「『門』試論――盧の鳴る所――」（『漱石・藤村〈主人公の影〉』所収　愛育社　一九九八・五）「夏目漱石試論Ⅲ――『門』を中心に――」（『漱石作品論集成7『門』』所収　桜楓社　一九九一・一〇）
（10）前掲拙稿で、日常の物音や生活の気配の中でただ一人物音をたてない人物であることを考察した。
（11）本書第四章「〈意識〉の寓話――『夢十夜』の構造――」で、第八夜の「すべてのものを隅なく見ようと意気込めば意気込む程〈気がかり＝神経衰弱〉が募る」という内容が、講演『現代日本の開化』（明治四四・八）の寓意であることに言及。
（12）『群像』二〇〇〇・五
（13）西垣勤は「多様な人間関係の中に身を置きその激しい葛藤の中で生きる生活、を失った平凡な人物が、密室状況の中でどのように生きてゆくか、生きてゆくことによって、その日常性そのものの中でどのように人格を腐食させてゆくか（略）二人の間の愛をさえどのように避けさせてゆくか、を問いかける実験的な意図」（『門』『漱石と白樺派』有精堂　一九九〇・六）を見るが、小稿の立場は〈日常性そのもの〉が〈二人の愛を裂けさせた〉のではなく、『門』における〈日常性そのもの〉と〈二人の関係そのもの〉の、第一章で述べたような意味での微分化が試みられている、と見るものである。

(14) 新曜社　一九九〇・六
(15) フロイト『日常生活の精神病理』（『フロイト著作集4』　人文書院　一九七〇・七）
(16) フロイト『日常生活の精神病理』（同）
(17) 久保義明は「『門』は決して罪責の物語である訳ではない。それは、その以前の、罪責者になることに失敗した、というよりむしろ、それに必要なあくまで醒めていようとする精神を欠いた男の物語である」（『ユリイカ』一九七七・一二）という見解を述べ、『門』が罪の物語とは読めない理由として説得力をもつが、宗助の「失敗」を一面的にしか見ていないことになる。
(18) 『男同士の絆』（名古屋大学出版会　二〇〇一・二）
(19) フロイト『日常生活の精神病理』（前掲）
(20) 「偶然というものは説明されないかぎりで、つまり現実的なものであるかぎりにおいて存在するということを誰もが承知しています」（J＝D・ナシオ『ラカン理論　5つのレッスン』（姉歯一彦・榎本譲・山崎冬太訳　三元社　一九九五・二）
(21) 『森鷗外全集3』（筑摩書房　一九七一・六）
(22) 坂田千鶴子『よみがえる浦島伝説』（新曜社　二〇〇一・六）は「玉篋両浦嶋」について「男は

女のために生きないと、恋愛を否定」する明治国家の「家父長浦島の誕生」を指摘している。

第八章

「貴方に会ひたかつたのです」

——『こゝろ』の第三の手記——

一

漱石の『こゝろ』を読む場合にまず留意しなければならない事は、このテクストには、相互に深い関連を持ちつつ、全く性質の異なる三つの手記が併置されているという構成である。一つは「先生と私」「両親と私」（便宜的にA手記とする）、二番目に「先生と遺書」の三章以降終りまで（書き手の呼び名にしたがって「自叙伝」もしくはB手記とする）、そして三番目の手記として「先生と遺書」の一・二章（序とする）を挙げたい。この三つの手記は、それぞれ目的も書き手の立場も書かれた時期も全く異なっているのだが、それぞれに、〈先生〉と呼ばれた謎めいた人物の生涯と、彼がなぜ自殺したのかの〈真相〉に関する言説である、という点で一致しているのである。このように『こゝろ』を捉え直し、三つの手記を、並列的かつ相互的に考察してゆくど、不思議な魅力として青年の前に現れた〈先生〉なる人物の過去の秘密が後半部分（B手記）によって明らかにされる、という線条的なストーリー展開は、『こゝろ』という複雑なテクストのほんの一部分をなすにすぎない事が見えてくる。『こゝろ』は、例えば芥川龍之介の『藪の中』のように、ある謎をめぐって、三つの手記が三つの証言として併置されている小説なのである。B手記（「自叙伝」）は当人自身の〈告白〉であるが、子細に検討するならば、親友を裏切った自分を許すことなく明治の終焉とともに自裁するという、ある意味で明快な大筋と、そこに回収しきれぬ細部の論理的不整合との矛盾が、書き手の倫理的な身振りに違背して、蟻地獄のような人間の心理の迷宮性を覗かせ、この人物の語る言葉をことごとく怪しく揺らめかせているのが見て取れる。真を文学上のイデアとした、同時代の自然主義作家達の〈告白〉の素朴さを『こゝろ』の〈告白〉は嘲笑するかのようである。ともあれ、〈真相〉に迫るためには、一つの事件が二つないし三つの異なる立場からの表現を持つ、という前提に立たねばならない。

その一例として〈先生〉が、信頼していた叔父に財産を横領されたという事件について再考してみよう。〈先生〉は、以来、叔父に激しい憎悪を抱き続けてきたわけだが、ではA手記「先生と私」の中の次のような会話は何を意味するであろうか。

「奥さん、御宅の財産は余ッ程あるんですか」
「何だつてそんな事を御聞きになるの」（略）
「でも何の位あつたら先生のやうにしてゐられるか、宅へ帰つて一つ父に談判する時の参考にしますから聞かして下さい」
（「先生と私」三十三　傍点引用者以下同様）

この私にとって、〈先生〉の生活は、〈余程財産がある〉羨ましいものに見えているわけである。しかもこの私自身、会話が示すとおり、決して貧しい階層ではない。「先生と私」の中に、少しも切り詰めた様子のない、優雅な〈先生〉の暮らしぶりを、幾度も私の目に印象深いものとして記録させているのは、実は叔父の裏切りなどはなかった、という〈真相〉を暗示するものであろう。土居健郎は精神分析学の立場から「自叙伝」を分析し、財産横領は〈先生〉の思い込みなのではないかと述べたのだが、[(1)] この推測は、A手記を参照する事によって確信となる。財産を横領されたというのが事実ではなく、この猜疑心の強い人物の思い込みにすぎないとしたら、叔父は自分の事業に、任されていた遺産を少々流用してしまった位の事であったとしたら、むしろ裏切ったのは〈先生〉の方である事になる。そして信頼していた叔父に裏切られて以来、誰も信じられなくなったという、この人物の〈告白〉の大前提が根拠を失うとしたら、その後の記事のすべてが再考されなければならなくなるであろう。つまり、〈先生〉は、一度も他人から裏切られた事などはなく、自分自身が、叔父を、親友を、妻を、すなわち自分に信頼を寄せたもっとも身近な他者達への裏切りを重ね、そしてこの青年をも欺き（告白は真実ではないのだから）、情報操作と思い込みに彩られた「自叙伝」一篇を残して突然自殺した、という事になり、書き手の意図したものとはおよそ異なる、まことに不思議な一つの人生が立ち現れる事になるのである。

〈告白〉（B手記＝「自叙伝」）の内容は、A手記・序を読み比べる事による検証を絶えず必要としているのである。

二

あまり注目されてこなかった「自叙伝」の序に当たる部分を第三の手記として、A手記（「先生と私」「両親と私」）・B手記（「自叙伝」）と等価に考察しようとする理由は、序が内容的に本篇と切り離されており、むしろA手記とB手記とを媒介する役割を持ち、いわばこの序によって、『こゝろ』は辛うじて統一的な物語としての体裁を保っている事の重要さに気付いたからでもある。先に芥川の『藪の中』に言及したが、この序の内容に注目する時、『こゝろ』の物語的焦点は、〈先生〉と呼ばれた男の自殺の謎をめぐって、三様の証言が切り結ぶ点にあることがはっきり見えてくるのである。

序（「自叙伝」の一・二章）と「自叙伝」本篇との執筆上の立場の違いは、「自叙伝」が、何故〈先生〉が自殺しなければならなかったかの説明であり、序は何故「自叙伝」を書くに至ったかを説明している、と言う事になるであろう。序から知り得る最も重要な情報は、〈先生〉がどの時点で自殺を決意したかに関してである。序によれば、〈先生〉が死を決意したのは、A手記の私に「一寸会ひたいが来られるか」（「両親と私」十三）という電報を打ち、行かれないという返電を私が打ったその後、という事になるのである。序には次のように書かれている。

あの時私は一寸貴方に会ひたかつたのです。それから貴方の希望通り私の過去を貴方のために物語りたかつたのです。（一）

この一文は、この後の小説展開を根底から揺るがす内容を持つ。つまりこのたった一つの偶然、重篤の父のために青年の上京が叶わなかったという偶然によって「自叙伝」は書かれたのであり、〈先生〉は自殺する事になった事を告げているからである。ということは、もしこの時、父の容体が小康状態にあり、青年の上京が可能であったなら、この長い手記は書かれなかったのである。この偶然の設け方が、漱石の人間観と小説観の根底に横たわる問題である事を考察したいと思う。

〈先生〉は自分の秘密を、直接口頭で伝えたかった。だとすれば当然内容も「自叙伝」として意図されたものとは異なってくるであろうし、まず何よりもその時こそ「自分の熱で燻ぶるやうな」（『道草』五十七）〈先生〉の閉ざされた現実に風穴が開き、世界と〈先生〉との関係は新しい局面を迎える事になるのであるから、その後、自殺する事は有り得ない。たとえ〈先生〉が、話す時は死ぬ時、と考えていたとしても、人間と対面して語ることと手紙に書くこととは決定的に違う。そこには不可測の要素が幾らでも入り込む余地のあることはすでに『それから』の重要なモチーフであった。だいいち他者との直接的な対話の中では、なおさら妻を裏切る事の不可能も明らかになるであろうから。この偶然という仕掛けは、小説におけるそれだけの可能的領域の振幅を示唆している。

　乃木殉死の報に接して〈先生〉が死を決意したという、これまでの『こゝろ』の読みはしたがって修正を迫られることになる。それは「自叙伝」の記述に沿った読みであって、序ははっきりと伝えている。「このまま人間の中に取り残されたミイラのように存在していこうか、それとも…」の「それとも」はこの時、死の決意にではなく、今こそ他者に過去を語る決意となったことを。「自叙伝」にはなぜか全く書かれなかった、他者へと向うこのもう一つの決意、そして「自叙伝」と序の、一つの事実に対する記述の態度の差異は十分に留意されなければならない。だから、来られないという、青年からの返電に、「失望して永らくあの電報を眺めていました」という〈先生〉の落胆は、〈先生〉の意識の水準を超えてこの時、〈先生〉の運命が死と生の間を大きく揺れたことを含意するのである。

　ある状況が煮詰まっていった時、些細な偶然が物語を大きくうねらせ、現在あるものとは全く別の展開を垣間見させるという、こうした趣向は、すでに、先に触れた『それから』で試みられたものである。『こゝろ』を読む為の一助としてその部分を概観してみよう。主人公代助は、父が勧める縁談と、今は友人の妻となった三千代の引力との間で、意識の紆余曲折を経た後、遂に縁談を断わるより他に道はないと結論する。代助は「今日からいよいよ積極的生活に入るのだ」（十四の二）と意気込んで父に会いに行くのだが、たまたま来客のために父に会えずに帰ることになる。縁談を断わるための気持ちの支えとして三千代に〈告白〉する必要を思い付くのはこの直後なのである。という事は、もし代助が何の支障もなく父と面談できていたなら、縁談を断われなかった時はもちろんのこと、断わられたとしても、三千代への告白は有り得なかったことになる。文脈を代助の意識に沿って子細にたどるなら、〈縁談の断わり〉その後〈三千代への告白〉という順序は有り得ないのである。その事は、〈告白〉の後、遂に父に縁談を断わり援助打ち切りを宣告されるやいなや、当初の予想に全く反して、代助がすっかり萎縮しうろたえてしまった事からも理解される。したがって代助の運命を決定したものは、実はその時父に会えなかったという偶然の要素だったわけである。それによって生じた名高い〈告白〉のシーンと、この〈告白〉を契機として恐るべき勢いで社会から弾き出されて行く『それから』の結末とが、青年に会おうとして会えなかった〈先生〉の「自叙伝」執筆そして自殺、という流れに対応していると見るのは、必ずしも牽強付会とのみは言えないであろう。『こゝろ』の内的クライマックスは、主人公の緻密な頭脳が思いも及ばぬ、偶然のいたずらがもたらしたものであった。この事実は、ある強烈な個性が、その生命の軌道に沿って人生のある結果を招来する時のその強度と、現実そのものの大いなる不可測性とのダイナミズムの、その緊張関係こそが、漱石の小説の基本的葛藤をなしていることを示している。

青年に会えなかった〈先生〉が、死を決意するには相当のためらいがあったことも序は正確に伝えている。

（略）返事を出さうかと考へて、筆を執りかけましたが、一行も書かずに已めました。何うせ書くなら、此手紙を書いて上げたかつたから、さうして此手紙を書くにはまだ時機が少し早すぎたから、已めにしたのです。私がたゞ来るに及ばないといふ簡単な電報を再び打つたのは、その為です。　（二）

〈先生の過去を知りたい〉という青年の願いを〈適当な時期に〉という条件付きで承諾した時のことを、序では「其時私はまだ生きてゐた。死ぬのが厭であつた。」と書いているのだが、乃木殉死から少なくとも三日ないし四日は経過したこの時点でも、「まだ時期が少し早すぎ」る。つまりまだ死ぬ覚悟はできていなかったのである。そして〈先生〉が、このためらいをどのように払拭して自殺を決めたのかは、『こゝろ』というテクストのどこを探しても遂に書かれてはいないのである。序は、先の引用の後、章を変えて唐突に

私はそれから此手紙を書き出しました。　（二）

となっている。「まだ時期が早すぎ」ると思ってから書き始めるまでにどのくらいの時日を要したかは当然分からない。では「自叙伝」のこの時期に該当する箇所を見てみよう。そこには乃木の殉死に関する所感をのべた後、ただ一行、

それから二三日して、私はとう〳〵自殺する決心をしたのです。（「先生と遺書」五十六）

とある。つまり序には天皇崩御や乃木殉死などの外的事件と一切無関係に、一つの不幸な偶然をめぐって〈先生〉と青年との関係と、〈先生〉の運命とが劇的に変わっていった経緯が詳細に辿られていた。しかし「自叙伝」はそれとは逆に、青年とのいきさつの事が一切触れられていない代わりに明治の終焉という歴史的事件があたかも自殺へのスプリング・ボードとなったかのように前景化している、という事になる。序が、青年への働きかけや死へのためらいなど、〈先生〉が死ぬ覚悟を決める直前の心の葛藤を生々しく伝えていると考える時、「自叙伝」の〈明治の精神に殉じる〉という言葉はやはり急速に弱体化して来ざるを得ない。この抽象的な文言は、『三四郎』の中で美禰子が「迷羊」という言葉を三四郎に教えようとした時の三四郎の意識、「解る解らない此言葉の意味よりも、寧ろ此言葉を使つた女の意味である」（五の十）という風に考えるべきであろう。つまり読み手に対する言葉の〈絶対的な効果〉が目論まれているという事である。

〈先生〉に死を決意させたものは、「悲痛な風が田舎の隅まで吹」き渡って行った、この機を逃してはという思いだったであろう。つまり死者Kとのみ共生していた自己の特殊な生涯を綴るにあたって、結末の最大の困難である、自殺の唐突さ不自然さと、妻への裏切りを朧化するために〈明治の終焉〉という歴史的現在を最大限に利用する、その結果、個と時代の相との両義性を生きたかのような完結性が「自叙伝」にもたらされたのである。

序にはA手記との矛盾もある。〈先生〉から「来ないでもよろしい」という返電を受け取った時、私は母親にこう言っている。「兎に角私の手紙はまだ向へ着いてゐない筈だから、此電報は其前に出したものに違ないですね」（「両親と私」十三）。それなのに序では〈先生〉は私からの手紙を読んだ後に電報を打ったと書いているのである。これは作者、青年、〈先生〉のうちの誰の勘違いであろうか。このように『こゝろ』は、三つの手記によって、同じ事柄についての複数の異なる証言や意図的な情報操作がひしめき合う小説であり、『こゝろ』を読むとは、それに耐える訓練をする事になるのである。小稿で取り上げる事ができたのはそのほんの一部分にすぎない。

注

（1）　土居健郎『漱石の心的世界』（至文堂　昭和四四・六）

＊この章のみ『こゝろ』の引用は昭和四〇年版『漱石全集』に拠った。

第九章

〈境界〉を越える者達

——『土』の〈複合像〉——

一　はじめに――〈対幻想〉という制約

長塚節の『土』（明治四三・六・一三―一一、一七『朝日新聞』）は、鬼怒川縁りの、ある貧農の一家の生態をリアルに描いた写生派文学の傑作として、近代文学史に聳立する作品でありながら、テクストの構造分析に関しては、大戸三千枝による文献一覧その他を管見に入る限り見渡しても、未だに研究の余地を多く残しているようである。また橋本佳に端を発した勘次父娘の近親姦に関する問題も[1]、言葉の〈解釈〉による論議から、構造的にどのように捉えられるか、という問題意識に移行すべき時期でもある。小稿は『土』に描かれた、勘次一家の足掛け九年に及ぶ歴史の意味を、如上の観点から、〈写生〉の方法の多角的な検討によって明らかにしようとする一つの試みである。

作品は、全体を四つの構成部分に区切ることができる。それらは次のような内容をもつ。

①一―五　　お品の死。

②六―一〇　　お品の死後、貧窮にあえぐ勘次一家。その中でおつぎが母そっくりに成長する。

③一一―十五　　近親姦を噂される勘次とおつぎ。

④十六―二八　卯平の加わった勘次一家。家の焼失。卯平の自殺未遂。

一章から十五章までは五章毎に整然と内容を区切ることができる。卯平が野田を引き揚げ、勘次の家に身を寄せてから結末までは、やや長く一二章が費やされている。すなわち構成部分①のお品の死、そして構成部分④の、家の焼失と卯平の自殺未遂という劇的な要素を枠組として、その間に勘次一家の九年間の歴史がゆっくり物語られてゆくわけである。

作品を首尾一貫している方法は、低徊性を徹底させ、ある部分に把住する写生によって、一家の生活の歴史の中から周到に選ばれた場面場面の描写とエピソードを積み重ねてゆくものである。一家の生活史の重要な局面を表現するために、それにもっともふさわしい場面やエピソードが厳選される。それらの一場面一場面はあたかも細密画のようにディテールが尊重されており、時間的には緩やかに、そして空間的には極めて稠密なものである。[2] それら選択された場面やエピソードの中でもとりわけ反復性の高いものとして、おつぎが幼い與吉の世話をする幾場面かがある。この一群は、おつぎと與吉の成長に伴い繰り返し現れるもので（三、五、八章他）、〈姉にして母〉[3]と呼び得る、一つのコードを形成しており、作品全体から醸し出される厳しく重い空気の中で、メインテーマともいうべき高い響きを放っている。これらはまた、優れた写生による再現性の故に一回的な輝きをもつと共に、一家の歴史性の証として、同じような事柄が日常幾度も繰り返されている、という時間的な広がりを併せもつのである。言い換えればあたかも繰り広げられる絵巻の一場面のように象徴性を帯びるのである。例えば一七歳の春を迎えたおつぎが五歳の與吉の世話をする状況については、次のように與吉が村の子供達について鰌を獲るエピソードが選ばれている。

彼は餘りに悦んで騒いでひよつとすると危い手もとで鰌を庭へ落とすことがある。鰌は乾いた庭の土にまぶれて苦しさうに動く。與吉が抑へようとする時鶏がひよつと來て嘴で啄いて駈けて行つて畢ふ。他の鳥がそれを追ひ掛ける。與吉はさうすると又一しきり泣くのである。

「我あんまりうつかりしてつかんだわ」おつぎは笑ひながら、立つてる與吉の頭を抱いてそれから手水盥へ水を汲んで鰌を入れて遣る。與吉は水へ手を入れては鰌の騒ぐのを見て直に聲を立て笑ふ。おつぎはさうして置いて泥だらけの手足を洗つてやる。（略）おつぎは衣物の泥になるのを叱りながらそれでも威勢よく田圃へ出してやつた。其の度に他の子供等の後から

「泣かさねえでよき《ママ》ことも連れてつてくろうな」といふおつぎの声が追ひ掛けるのであつた。僅な鰌は味噌汁へ入れて箸で骨を扱いて與吉へやつた。自分では骨と頭とを暫く口へ含んでそれから捨てた。

（八）

読者は、書かれた部分から勘次一家の歴史の、ある部分に関しては克明に知ることができる。しかしこうした余りにも精密な再現というものは、読者の視線を釘付けにする迫力をもつ一方で、全く書かれなかった多くの事を暗示してもいるわけである。つまりこのような密度で綴られてゆく場面場面の選択の基準は何なのかという問題である。

例えば『土』には人間の社会的側面が描かれていない、と言われる。だがこのことは、作者長塚節の属する階級の故に、社会的矛盾が問題化されていない、という意味にのみ受け取られてきた。[4] しかし勘次と地主（主人）との内的な〈敵対関係〉については、本庄睦男のきめ細かな分析がある。[5] 本庄によれば地主の温情さえも搾取機構の中の一つの装置として有機的に作動しているのである。では社会的側面の何が描かれなかったかといえば、抑圧をもたらす階級関係とは正反対の要素、つまり勘次一家を疲弊させないもの、抑圧しないものが意図的に省かれたのである。例えば、おつぎが一六歳の冬から毎日「近所の娘」（七）と一緒に通うことになったという裁縫の稽古などである。他の娘達と平等の立場で学ぶおつぎの姿、同様に與吉の学校生活、あるいは勘次が「恐怖」（十六）や引け目を感じなくてもすむ筈の、他の貧しさや他の悲惨などは、勘次一家を押し潰している階級的上下関係以外の、勘次達が対等であり得る社会的要素である。それらの要素がすべて排除されたために勘次一家の孤立性が際立たされ、その結果この小説は、ただひたすら孤立した家族としての、言い換えれば男であり女であることが意味をもつ〈対幻想〉としての人間を描くことに最大の関心が払われることになった。絵巻物を繰り広げてゆくような、場面の選択の方法は、〈対幻想としての人間〉という内的制約のもとに統合されているのである。この事実をひとまず確認し得たところで、前述の四つの構成部分に即しつつ『土』における〈対幻想としての人間〉の描かれ方を考察したいと思う。

二　二人の離脱者

構成部分①と④、つまりお品と卯平を中心とした部分は、〈死に赴く者の物語〉と概括することができる。小説は、商売のため蒟蒻を仕入れたお品が、すでに病毒に蝕ばまれた大儀な身体を、鬱した心で我が家へ運ぶ場面から始まる。「目に見えぬ大きな塊をごうつと打ちつけては又ごうつと打ちつけ」（二）る西風に「一日苛め通」される「痩せこけた落葉木」、「黄色な光を放射」する落ちかけた冬の日や「ざわ〳〵と鳴る」木の枝などが、病むお品を取り囲む。冬の日没時の、しかも地上から高く隔たった、ざわめく樹木の上から俯瞰的に眺められる位置関係を通して、大自然の中に孤立し、取りとめもなく翻弄され漂泊するお品の「不見目《みじめ》」さが強調されている。お品はこの夜から病床に伏し二度と起きあがることはなかった。すなわちお品の、我が家への帰還は、真直に死への道中を意味するのである。この名高い冒頭の場面はまた、十七章で野田を引き揚げた卯平が、重い足取りで村へ戻って来る道中の場面に呼応するものであり、両場面共に、二人がすでに死すべき運命に捉えられた敗残の者達であることを示している。お品は激しい西風や「落ちかけた」冬の日と共に登場し、老衰者卯平は同じく「短い冬の日」の（十六）、「枯木の林」の中に、死に至る道中の始めの「懶げ」（同）な姿を現わしている。お品の場合との差異は、卯平を取り囲む自然に、引用部分が示すように苛烈さではなく〈空洞性〉もしくは「枯燥」の感が刻印されていることである。不意に死の手に捉えられた若い女と、七〇を越した老人との実存的差異が背景の自然描写に反映している。

> 枯木の林は立ち騰る煙草の煙が根の切れた儘すつと急いで枝に絡んで消散するのも隠さずに空洞《からり》としている。（略）彼は周囲が寂しいとも何とも思わなかつた。然し彼自身は見るから枯燥して憐れげであつた。（略）捨てた燐寸の燃えさしが道端の枯草に火を點けて愚弄するやうな火がぺろ〳〵と擴がつても、見向かうともせぬ程彼は懶げである。野田からは十里に足らぬ平地の道を鬼怒川に沿うた自分の村落まで來るのに、冬の短い日が雑木林の梢に彼を待たなかつた。
>
> （十六　傍点引用者　以下同様）

お品も卯平も、彼らの頭上に、そして周囲に広がる自然の景観の一部分として描かれている。すなわち『土』に描かれた大自然は、そこに生き死にを繰り返す人間の換喩なのであり、彼らの実存の客観的相関物である。(6)お品は西風に吹き払われる枯葉のように無防備であり、卯平は路傍の石に似ている。つまり擬人化された自然はその中に人間を包摂することによって、人間の個我としての輪廓を〈滅形〉し、人間を自然化するのである。そして人間が自然化されているということは、人間の生命の循環性とその意識性との間に乖離がないことを意味する。彼らの生を的確に言い当てている〈土に苦しみ通す〉（五）という言葉は、まさに雲雀や蛙が「泣くべきときに泣くためにのみ」（四）生まれて死ぬ、と語られるのと同じ水準で発せられている。自然の循環に従う人間の実存の姿と、その時々の自我の在り様とが一致するのである。これが『土』に表われた人間観にほかならない。お品と卯平は共に、万物が死へ赴こうとする冬の、日暮れの、苛められ痛めつけられ、あるいは〈枯燥〉した自然の中に、そこから独り〈離脱〉してゆく者として、すなわち〈生と死の境界〉を踏み越えた何者かとして登場しているのである。

すでに死の影に覆われた者達は、その身体表現に際立った特徴を示している。お品は物音に満ちた周囲の中で一人、物音をたてず、卯平の場合は〈惘然と〉〈凝然と〉という形容の頻出が示すように動きが無い、のである。そのためお品は生活の〈物音〉や〈気配〉との対比において、卯平は生命の〈動き〉との対比において描かれる場面が反復する。

○お品

暫くたつてからお品は庭でおつぎがざあと水を汲んでは又間を隔ててざあと水を汲んでいるのを聞いた。（略）お品は又蒲団へくるまつた。さうしてまだ下手な包丁の音を聞いた。

（略）

「辛くて仕やうあんめえなよきは（ママ）」おつぎは甘やかすやうにいつた。お品にはそれが能く聞えて二人がどんなことをして居るのかゞ分つた。（一一）

○卯平

日は陽氣な庭へ一杯に暖かな光を投た。庭には子供等や村落の者がぞろつと立て此騒ぎを笑つて見て居た。（略）彼等を包んだ軟かな空氣が春の徴候でなければならなかつた。

　然しながら卯平は只獨り其群に加はらなかつた。（略）彼には庭の節制のない騒ぎの声が其の耳を支配するよりも遠く且遙かな闇に何物をか捜さうとしつゝあるやうに只惘然として居るのであつた。（一三）

　後の引用は老人達の「念佛の集り」の時のものである。傍点を付した〈物音〉や〈声〉や〈動き〉や〈気配〉は、すべて生の領域の換喩である。しかしお品も卯平も、それら「白昼の光」（一八）の届かぬ影の領域の者達である。お品はもはや〈物音〉をたてることなく、卯平は〈只惘然と〉している。これらの場面は、お品と卯平が〈共同体からの離脱者〉であることを身体表現を通して示しており、先に考察した〈大自然からの離脱〉と照応するのである。このように構成部分①と④は、若くして急激に死の渕へ傾斜してゆく者と、砂時計の最後の砂が落ちてゆく時のように死に接近する老衰者との、二様の〈死に方〉を描くことを主眼としている。そして彼等の、死に至る過程が、そのまま彼等の自我の崩壊過程であるところに、先述した『土』の人間観が示されているわけである。

「お品は自分の手で自分の身を殺したのである」(五)という一文は多義的である。なぜなら自らの意志よりももっと大きな力に背を押されてお品は堕胎しているからである。お品が懐胎した時、彼等夫婦の前に選択肢があったわけではなかった。堕胎しなければ暮しに困ったのである。しかし「相思」(五)の夫婦の間では、堕胎の決断はとうとう最後までできていない。個人の意志決定を越えて事を運んだ別の原理について、ここで確認しておかなくてはならない。

明治一八年生れの中里介山は「『土』を読むの巻」[7](『百姓弥之助の話』昭和一五)の中で間引きや堕胎が日常的に行なわれていた明治中頃の農村の事情について次のように弥之助に証言させている。「少年時代に農家の炉辺で何気なく語り合うおかみさん達の口から、『今度はヒネッてしまおうと思い込んでいても、おぎやと生れて見ればどうも手が云うことを聞かねえで…』というような事を平気で高らかに語り合うのを聞いたことがある」。自分が今産んだ子を殺す、という決断に迫られ、心と身体の分裂に見舞われるこの瞬間、無数のお品達は、たとえ彼女達が個我としての自覚などからはどれ程隔たっていようとも、生きることの矛盾と悲しみをそれぞれの自我の根底において触知している。お品も自ら決断することはできなかった。貧窮の圧迫に加えて、生命が枯死する「哀しい」(五)季節の到来と、愛する夫の不在がお品に自我の喪失感をもたらし、意志的な決断とは逆の虚脱した心性が、勘次が傍にいた時には〈余りの大事〉（五）にひるんでいたお品の背を押したのだった。作者は〈混雑〉〈遺瀬なさ〉〈寂しさ〉と、類語を重ねることによってお品の実存の寄る辺なさを強調すると共に、地すべり的に「遠くの方へ滅入つて」（二）ゆくお品の心情が犯罪の決行へと凝集してゆく過程を、お品の自我の崩壊過程として分析的に描き尽している。そして勘次が不在のまま、堕胎後の身体に異変が生じたのを察した時、お品の自我は決定的な打撃を受けたのである。

ぎりぎりの暮しとは、生命の危機を日常的に抱え込んでいる暮しのことである。堕胎を余儀なくさせられるような貧しさの中では誰もが日常的に生命の危機にさらされている。破傷風がお品を襲ったことは、あるいは不運な偶然だったのかも知れない。しかし貧窮の故に、生と死の境界線上をその日その日と綱渡りしてゆくような〈お品達〉の存在自体がすでに偶然そのものであったと言えるのである。

お品が、地の果てに追いやられてゆく枯葉のように死んでいった心と身体のメカニズムは、卯平の場合も原理的に変りがない。すなわち卯平の自殺未遂にも意志や決断などの心的要素は希薄なのである。次第に現世に背を向けてゆく生命の、その自然の〈循環〉（一四）に従って卯平は死へ導かれていった、という風にテクストは語る。野田の醤油工場の火の番を辞すことで社会的な立場を完全に失って後、死場所に定められた勘次の家へ卯平が戻ってきてから、テクスト全体のほぼ三分の一を占める一二章を費して執拗なまでに丹念に叙述が追っているのは、勘次との軋轢と共に、緩慢ではあるが季節毎に確実に度を加えてゆく卯平の老衰振りである。村へ戻ってから三回目の冬、手足の自由の利かなくなった卯平が、與吉の悪戯に機敏な処置をとることができなかったために勘次の家は焼失した。老衰と骨を凍らす寒さとかまどの火と子供の悪戯と、これらの揃い過ぎた条件のもとで卯平の不始末は起るべくして起り、それに続く自殺未遂も、生産性に与らなくなった老人が、此世を立ち退いてゆく、その自然の運行の延長上に予め用意されていたかの如くである。そのような卯平の実存が、卯平の意識性を決定する。「眼前に氷が閉ぢては毎日暖い日の光に溶解されるのを見て」（二一三）さえ「彼にはそれが只さういふ現象としてのみ眼に映つた」などの叙述、あるいは先の「念佛の集り」（二一三）の引用が示しているのは、凍てつく手足と同じように卯平の精神も此世での活動をようやく停止しつつあったことである。

火傷を負い念仏寮に運ばれた卯平を、幼い與吉の心ない言葉「『おとつゝあは爺に焼かつ《（れ）》たッちッてんだあ』」（二六）がさらに痛め付ける。その後卯平のとった行動は、蘇生後の彼の記憶を叙した部分に窺えるように、明らかに彼の意志を越えたものである。

然し自分でも其の時、自分の身に變事の起らうとすることは毫も予期して居なかつた。彼は囲炉裏の側で、夜の寧ろ冷い火にあたりながらふと氣が變つてついと庭へ出た。彼は何かゞ足に纏つたのを知つた。手に取つて見たらそれは荒繩であつた。彼はそれからどうし

たのか明瞭に描いて見ようとするには頭脳が餘りにぼんやりと疲れて居た。（二七）

卯平は荒縄が足にまつわるのに気付き、荒縄に導かれる。卯平の手足をとり、彼の行くべき場所へ促したものの正体は、すでに死へ赴いていた卯平の実存そのものである。

冬至の三日後、「足の方から冷たくなつていつた」（四）お品とは対照的に、卯平は「一遍に来た春の光の中に」（二七）おつぎに見守られ、意識を回復する。しかし卯平の生還は、わずか「数十分」、おつぎの発見が早かったという幸運な偶然と、老衰の身にはもはや死ぬ力さえ残っていなかった結果に過ぎない。卯平の回復とそれに続く勘次との和解は、結末の、内儀さんを前にしての勘次の悩乱を際立たせるための小説的技巧と見るべきであって、〈生と死の境界〉を越えた者、〈離脱者〉卯平の役割は、彼が、すでに焼失してしまった勘次の家の庭で、荒縄を手に、疲れた体を柿の木にもたせ掛け、吹き降してくる雪の中で意識を失ってゆく場面（二七）に尽きている。この吹雪の夜の場面と、死ぬにはまだ早すぎるお品の、堕胎の失敗による激烈な臨終の場面とが、巻頭と巻末における二つのクライマックスを形造っている。

貧しさが、生と死の境界線上に、危く其の日其の日を保持してゆく生活を人間に強いる。繰り返すならば彼等自身がすでに〈偶然〉的な存在なのである。お品は懐胎したことが、卯平は引退を余儀なくさせられたことが、それぞれの分水嶺となって危く踏みこたえていた〈境界〉をすべり落ちていった。小説『土』は、人間のそのような臨界状況を捉えようとしたものである。貧しさがもたらす二通りの人間的悲惨を枠組として、それに挟まれる形で、生の領域にある者達、勘次とおつぎの物語がある。そして彼等もまた彼等の生の原理の中で、お品・卯平とは異なる意味合において彼等自身の〈境界〉線上に生き、それを越えるのである。

三　二重像

『土』のヒロインおつぎの魅力の本質は何といっても彼女の背景に、常に亡き母お品を髣髴させる複合美にある。お品とおつぎの〈二重像〉のテーマは、お品の死と同時に始動している。お品の埋葬の時、勘次は堕胎された亡児を家の裏手の「牛胡頽子の傍」（四）の土の中から掘り出して、棺桶の中に「立膝で」うずくまるお品の死骸に抱かせる。次の五章では、勘次が再び利根川の工事現場へ発った留守に、おつぎが夜泣きする與吉を一心に抱く場面が描かれる。この両場面の照応は、お品とおつぎの〈二重像〉のテーマを鮮かに印象付けるものである。

○勘次は手にして行つた草刈鎌でそく〳〵と土をつゝくやうにして掘つた。（略）お品の死體が棺桶に入れられた時彼はそつとお品の懐に抱かせた。お品の痩せ切つた手が勘次のする儘にそれを確呼と抱き緊めて、其骨ばかりの頰が、ぴつたりと擦りつけられた。（四）

○與吉は壁の何處ともなく見ては火の附いたやうに身を慄はして泣いて犇とおつぎへ抱きつく。おつぎは與吉を膝へ抱いて泣き止むまでは兩手で掩うて居る。（略）卯平は與吉が靜かに成るまでは横に成つた儘おつぎの方を向いて薄暗い手ランプに其の目を光らせて居る。（五）

このように〈土に芽ぐむ菜の花〉（八）の比喩で語られるおつぎの、「一際人の注目を惹く」（同）成長振りは一方で「棺桶の板一枚」を隔てて「永久に土と相接して居」（四）るお品が、その懐の亡児とともども腐敗し白骨化してゆく過程を含意することによって互に他を際立たせ、作品に複雑な陰翳を与えることになる。すなわちお品は土に帰っていったけれど、その同じ〈土に芽ぐむ〉眼前のおつぎの中に再生している。土を媒介としてすべての生命が循環する、小説『土』の生命観・人間観が、〈お品・おつぎの二重像〉として主題化されるのである。

他方、お品・おつぎの二重像は、文学史的伝統の上に置いて眺めた時、紛れもなく一つの美の系譜に連なるものであることが『源氏物語』を参照枠として明らかになる。大石修平は〈桐壺の更衣―藤壺の女御〉、〈藤壺の女御―紫の上〉、〈夕顔―玉鬘〉などの関係に「相似表象」の概念を提示し、次のように説明する。[8]〈藤壺の女御〉が〈桐壺の更衣〉の面影を宿し、〈紫の上〉が〈藤壺の女御〉を思わせる。すなわち――が――に似ていることによって発生する関係にこそ『源氏』の女性達の魅力の秘密があり、彼女達はそれぞれの〈複合美〉において単独であるよりも一層、源氏の憧憬を掻き立てるのである、と「相似表象」の概念によって〈紫のゆかり〉の原理を分析している。大石はまた、尾崎紅葉『多情多恨』（明治二九）の読解にもこの概念を援用する。[9] すなわち「桐壺の巻」と同じく〈亡妻物〉であること、そしてある一つの中心点からその縁を辿って他の女性達が登場してくる「相似表象」（＝紫のゆかり）の二つのモチーフを物語文学の伝統に連なるものとして指摘するのである。

『土』は近代文学史において子規・漱石に連なる写生文派の一翼として確固たる位置を占めている。しかしながらこの近代リアリズム文学の傑作は、『源氏』から『多情多恨』へと確実に結ばれている物語文学の伝統をこの二つの要素において、すなわち愛妻の死から始まる〈亡妻物〉であること、そして〈お品・おつぎの複合像〉による〈紫のゆかり〉の物語であることによって、間テクスト的に対応させているのである。ここにまた、硯友社・写生文派という対立的図式で捉えられてきた二つの文学的立場の接点を見ることも可能である。『土』は、桐壺帝や光源氏がまさにそうであったように、愛妻との死別の悲しみに耐えない男が、妻に生写しの〈ゆかりの女〉を愛してしまう物語なのである。

実際、おつぎの魅力は〈容貌、身体つき、歩きつき、雀斑〉（八）そして「心持」（一〇）に至るまで、おつぎ自身の固有性としてではなく、お品との類似性を通してのみ語られるのである。

○「何ちふ、おつかさまに似て來たこつたかな」。　（八）

○「（略）死んだお品が乗り移つたかと思ふやうさね」（一〇）

容貌や気性ばかりでなく、お品の果していた役割を、後に卯平と勘次との不仲に心を痛めるところまでもそっくりおつぎが継承することによって、お品・おつぎの〈二重像〉は結末に至るまで絶えず更新され強調されるのである。

こうした複合像の魅力の本質は、それぞれの像が個別化された唯一の美とはならない代りに、個としての不可避な宿命である一回性・有限性を際立たせることがない、というところに求められよう。おつぎはお品の面影を揺曳することによって、単独の像としてはあり得ない、輻輳した魅力を湛えることになる。愛すべきおつぎはまた、愛すべきお品なのであり、勘次にとって双方への愛情は少しも矛盾しない。勘次は「おつぎの身體をさう思つては熟々と見る度に、お品の記憶が喚返されて一種の堪へ難い刺戟を感ぜざるを得ない」（八）のである。

一場面一エピソードに把住する『土』の方法は、〈ドラマを作る〉よりも、人間のある状況を捉えることの方に真価を発揮する。作者は、おつぎが一時に自分に課せられた重い役割について何を考えたかなどの内面には立ち入ることなく、與吉・勘次・卯平、それぞれの支柱としてのおつぎの健気な姿の顕現のみを描写してゆく。構成部分②（六―一〇）、すなわちおつぎ一六歳から一七歳の秋までの叙述は、一家の暮しの様々な場面や勘次の盗癖（一〇）などのエピソードを、循環する季節の景観や農村の風習に溶け込ませて積み重ねてゆき、二つのモチーフ、〈お品・おつぎの複合美〉の完成と、それをもっとも間近で見続けている唯一人の人物、勘次の驚きと感動を焦点化してゆく。村民と勘次の注目を一身に集めるおつぎの、その内面には立ち入らぬ形象の方法はそのまま構成部分③（一一―十五）に引き継がれ、場面場面を絵巻のようにつなげてゆく写生の方法とが相乗効果となって、勘次・おつぎの近親姦を、それと明確には語らずに、しかしすべての描写を状況証拠として挙げてそれを示唆することを可能にした。構成部分③一一章以降、叙述が勘次・おつぎの関係に集中してくる所以である。

四　共同の事実

橋本佳は、村民の噂や揶揄に対する勘次・おつぎ・卯平の反応が描写されている四ヶ所を特定し、[10]その検討を通じて近視姦が事実としてあったことと、この小説の隠されたテーマが、まさに勘次・おつぎの近親姦であることを主張した。[11]橋本説は十分な説得性をもつものであったが、言葉の解釈の問題である故に若杉慧の反論を許す余地を残しており、その後の研究も大旨近親姦説には否定的である。[12]しかしどの反論も、橋本が若杉の反論に答えた「『土』論その後」[13]の中の「インセストの噂は偽であるという積極的な証明が欲しい。」という言葉に答え得たものは無い。小稿は橋本佳とは異なる論点から、つまり①表現形式の示す必然性として、また②

民俗学的な視点から、そして③橋本が指摘した箇所以外の勘次の態度から、近親姦が事実であったことの根拠を具体的にかつ多角的に検討したいと思う。

その手掛りの一つとして、構成部分②（六―一〇）と、構成部分③（一一―十五）の間に叙述の形式内容共に大きな断層のあることに注目しなければならない。構成部分②の終りは、おつぎの一七歳の秋に該当する。そして構成部分③の始めはおつぎは一八歳に「達したばかり」（一一）であって、この時おつぎに逢うためにしのんで来た村の若者を勘次が追い払い、おつぎを激しく責める事件が起こる。ここまでは、一七歳の春・初夏・夏（八―九）、一七歳の秋（一〇）、一八歳の早春（一一）、のように細かく季節毎におつぎの成長が辿られてきたのだが、この一八歳の早春の夜の事件から時間は一気に「十九の秋」（一三）まで一年半もの空白を置いて跳んでいるのである。そして「十九の秋」以降は、再びもとの時間的秩序が戻っている。この一年半の空白は重要である。時間的秩序が破られているのはこの箇所だけだからである。如上の時間の経過を整理するならば、少女から大人への過渡期に、家族の支えとなって働くおつぎの様々な魅力ある姿を辿ることは一七歳の秋（構成部分②）をもって一段落となるのである。そして一八歳の早春の夜の事件が引鉄になったかのように、構成部分③の叙述（「十九歳の秋」から二〇歳の晩秋の村祭の「口寄」の夜まで）は、一家の暮し振りよりも村民の噂の中の二人、つまり〈勘次とおつぎ〉の関係に焦点が絞り込まれるのである。

人間が家庭の内部から外部へと、生命力を拡張してゆくべきもっとも微妙な時期が、なぜことさらのように大きな空白となっているのだろうか。お品と勘次も一六歳から二〇歳までの間に、恋愛・結婚・初産という、この年齢相応の大事を経験し、人生の駒を順調に進めている。「仮令どんな物が彼等の間を隔てようとしても」「密樹の梢を透してどこからか日が地上に光を投げ」（五）るように勘次とお品は結ばれたのだった。「彼等の心は唯明るかつた」（同）人生のちょうどこの時期が、おつぎには丸々空白であり、時間ばかりが「容赦なく」（一一）過ぎていくほかはなかった。そしておそらく、テクストの空白の一年半の間に、つまり勘次が村の青年とおつぎとの仲を激情的に引き裂いた事件から程なく、おつぎ「十九歳の秋」までの間に勘次とおつぎは近親姦の関係に入ったと考えて間違いない。なぜそう断言し得るかは、構成部分②と③の〈断層〉をさらに検討することで明らかになる。最大のポイントとなるのは構成部分②、おつぎ一七歳の秋までは確実に存在していた、村の青年に対するおつぎの「情」（八）、そして勘次の再婚願望が、つまり両者の〈家族の外への希求〉が消滅していることである。〈事件〉の前、一七歳のおつぎの、村の青年達へ向けられる「情を含んだ」まなざしは、何者も抑止不可能な大自然の発芽力と同一視されている。

春の季節を地上の草木が知つた時、どれ程白く霜が結んでも草木の活力は動いて止まぬ如く、おつぎの心は外部から加へる監督の手を以て奪ひ去ることは出來ない。（八）

この時点では明らかに、勘次の「監督の手」に敵対する「草木の活力」がおつぎにあったことを示す内容なのだが、それと並行して勘次の方も、「おつぎの身體を」見るたびに「一種の堪へ難い刺戟を感ぜざるを得ない」（八）ことが、現実的には後妻への願望と結びついていたのである。テクストは次のように続けられている。

○それと同時に女房が欲しいという切ない念慮を湧かすのである。（八）

○彼は女房が欲しい〳〵とのみ思つた。（同）

「草木の活力」のようなおつぎの〈自然の情〉と、勘次の再婚願望は、おつぎが一八に「達したばかり」の早春の夜の事件を境に消え、まもなく二人の関係が村人の注視の的になってゆくのである。潜伏していたテーマが浮上する。すなわちあったものが消えたかに見える、勘次とおつぎに関する構成部分②から③への叙述の変化は、〈家の外〉へと拡張されるべき生命の勢が〈家の奥〉へと深く喰い入った結果と考えるよりほかはない。作者は「あら《ママ》程欲しがつた」（一四）後妻の話を、他人からされることさえ忌避する程の勘次の変貌を強調しながらおつぎに関しては何事も語らない。しかし「勘次は何かにつけてはおつう〳〵と懐かしげに喚んで一家は人の目に立つ程極めて睦ましかつた」（一三）のであれば、当然そこにおつぎの〈変貌〉

も含意されている、と見なさざるを得ない。「どれ程白く霜が結んでも草木の活力は動いて止まぬ」とすれば、その活力は失なわれたのではなく、眼に見えない部分に方向を転じていった、と考えるのが理にかなっている。

おつぎ一八歳以前と以後との時間的断層が家族関係の〈異変〉を暗示していることは、戻ってきた卯平によって別の角度から再び照明を当てられる。卯平が勘次の家に戻った翌朝、「薄暗い家の内に」（十七）一人残された卯平が「凝然として」堪次の家の〈汚穢さ〉を見詰める場面がある。この場面の意味については改めて後述するが、今注目すべきは次の部分である。

彼が家に歸つたのはお品が死んだ時でも、それから三年目の盆の時でも家は空洞《からり》と清潔に成つて居てそれほど汚穢い感じは與へられなかつた。（十七）

「お品が死んで三年目の盆に来た時」「十七歳のおつぎが」（十六）という記述が見えるので、この〈汚穢さ〉がおつぎ一八歳以降のものと確定できるのである。おつぎが一七歳の時まではどれ程貧しくとも「家は空洞《からり》と清潔」であったことをこの時卯平は思い出している。そしてそれ以後何故家が〈汚穢く〉なったのかの説明は一言もない。ここで明らかに言い得るのは、おつぎ一八歳以降に、家の〈内部〉に異変が生じた、ということである。作者はおつぎ一八歳以前と以後との間の〈断層〉を反復して提示することによって、読者の意識を〈ある事実〉へと促すのである。

近親姦の事実の二番目の根拠は、彼等の属する共同体の体質に求められる。この狭い村落の内部では、彼等農民は秘密をもつことができない、ということにある。吉本隆明『共同幻想論』（角川文庫　一九八七・二）が解明するように、狭く強い紐帯でつながれた村落内にあっては「村落の中に起っている事情は、嫁と姑のいさかいから、他人の家のかまどの奥まで、村民にとっては自分を知るように知られている。そういうところでは、（略）個々の幻想は共同性の幻想に〈憑く〉のである。実際、勘次の村落は「川向う」（六）の村落とさえほとんど交渉がないのである。そのような自己完結した共同体であるが故に、勘次の盗みはことごとく露顕するのであり、お品があれ程隠そうと工作した堕胎さえも周知の事実であったことがお品の死後明かされている。例えば、村の青年達の念仏寮での噂話に「自分の村落に野合の夫婦が幾組あるか」という話題に及んだとき、ある青年が「『勘次さん等見てえなゝ、ありや勘定にやへえんねえもんだんべか』」（一二）と応じているのだが、こうした会話の空気が伝えているのは、村民が事実として扱っているものは事実である、というこの村落の強い共同性にほかならない。

勘次父娘の近親姦も、村落内に半ば公然と行なわれている堕胎や盗みや、その時数えられた「野合の夫婦」などと同じ水準の、「孰れの心にも、口にはいはなくて了解されて居る或物」（一四）すなわち村の〈共同の事実〉であったことを疑う余地はない。村落に〈共同の事実〉に客観的に対応するものが、他の事柄についてはことごとく存在し、この件に限って無かったということは有り得ないのである。噂はあくまで噂にすぎない、という常識論は、こうした〈異分子を交えない〉（一二）未だ近代化以前の村落の、濃密な共同性への観点を欠くものである。
このような村落の空気は「社の祭」の「口寄」（十五）の場面に余すところなく露呈している。巫女の所作や呪文のような言葉に対して村民は畏怖の念を抱くわけでもなく、かといって迷信として醒めた眼で見ているのでもない。こうした〈不思議〉（＝幻想）が、独得のスタンスで村民の心性に親しく取り込まれている様子が窺える。

「能く喚び出してくれたぞよう……」と極つたやうな句を反覆しつゝ、まだ十分の意味を成さないのに勘次は整然と坐つた膝へ両手を棒のやうに突いてぐつたりと頭を俛れた。おつぎもしをらしく俯向いた。（略）
「姿隠れて出て見れば、何知るまいと思だろが、俺れは其の身の處へは、日日毎日ついてるぞ、雨は降らねど箕に成り、笠に成りてよ……」と巫女の聲《くちよせ》は前歯の少し缺けたにも拘らず、一つには一同がひつそりとして咳拂をもせぬ故であらうが極めて明瞭に聞きとられた。（略）
「俺れが達者で居るならば…」といふ句が讀まれたと思ふと聽て
「呉れるよ程の心なら、ほんに苦勞でも大儀でも、蕾の花を散らさずに、どうか咲かせてくだされよう……」熟練した聲の調子が、さうでなくても興味を持つて居る一同の耳にしみじみと響いた。
「鴉の鳴かない日はあれど、草葉の陰で…」婆さんが自分の聲に乗つて来た時勘次はぼろ〳〵と涙を零した。おつぎもそつと涙を拭つた。（略）
「俺れ濟まねえ」堪次はぽつさりといつて又涙を横に拭つた。
「本當に出たんだよ可怖えやうだな」其處に居た若い女房はしみ〴〵といつた。（十五）

勘次が見たのと同じ〈不思議〉を村民も見ているのである。つまり誰もがこの村落固有の共同幻想の規制力のもとにあるために、勘次がどのような意味付けも可能な「熟練した」職業的な巫女の言葉をお品の出現と信じて疑わず、悔恨の涙を流し、おつぎに対する態度を一時的にではあるが改め、また程なく「全く以前に還つた」（同）という一連の心の曲折と、村民の了解（＝共同性）との間に寸分のずれもないのである。この「口寄」の場面は、この村落がまさに「個々の幻想は共同性の幻想に〈憑く〉」（『共同幻想論』）そのような世界であることを露わにする。閉ざされた村落の、自己完結した論理が村民の〈幻想〉を強力に支配し、集団性がもっとも高められるハレの時、近親姦が事実であることが顕在化しているのである。

念仏寮での青年達の噂話（一二）、盆踊りの時の〈櫛事件〉（一三）、村祭の「口寄」（十五）と続くテクストの連鎖は、漱石の述べる次のような〈写生文〉の性格に見事に合致する。

事件の進行に興味をもつよりも事件其物の真相を露出する。甲なる事と、乙なる事と、丙なる事とが寄つて、斯うなつたと云ふ様な所に主として興味をもつて書く。

（「『坑夫』の作意と自然派傳奇派の交渉」明治四一・四『文章世界』）

構成部分③（一一—十五）は、「甲なる事と、乙なる事と、丙なる事とが寄つて」表向き語られなかった「眞相を露出」しているのである。

三番目の根拠は整骨医での勘次の態度である。勘次が卯平に火箸で腕を打たれ、鬼怒川を越えて整骨医へ走った時の、医師と勘次との間に交わされた問答の詳細には、勘次の見せる反応の中にその事実を極めて巧妙かつ隠微に示唆しようとする作者の技巧を明らかに読み取ることができる。

「どうしたんでえ此ら、夫婦喧嘩でもしたか」醫者は毎日百姓を相手にして碎けて交際ふ習慣がついて居るので、どつしりと大きな身體からかういふ戯談も出るのであつた。

「なあにわしやはあ、嚊に死なれてから七八年にもなんでがすから」

勘次は少し苦笑していつた。

「さうか、そんぢや誰に打たれたえ、まあだ壮だからそんでも何處へか拵えたかえ」輕微な瘡痍《きず》を餘りに大袈裟に包んだ勘次の容子を心から冷笑することを禁じなかつた醫者はかう揶揄ひながら口髭を捻つた。

「先生さん戯談いつて、なあにわしや爺様に打たれたんでさ」勘次は只管に醫者の前に追求の壓迫から遁れようとするやうにいつた。

醫者はそれからはもう黙つて薬を貼つて形ばかりの繃帯をした。（二一）

もし勘次に「何處へか拵えた」ことに関して後めたく感ずる根拠が無いのならば〈只管追求の圧迫から遁れようとする〉という表現はこの状況にそぐわない。「夫婦喧嘩でもしたか」という問よりもさらに軽い冗談にすぎないのだから。勘次のこの反応は、何も知らない〈川向う〉の医師の冗談が冗談にならず「追求の圧迫」と感じてしまう〈後めたい事実〉が確実に勘次の心に蟠っていることを証している。

なお付け加えるならば『土』の〈呼称〉の特質も勘次・おつぎの関係の裏付けとなる。おつぎがお品を対象とする場合、

○「今朝は芋の水氷つたんだよ」とお袋の方を向いていつた。（二）

○「おつかあ、ちつとでもやらねえか」おつぎは茶碗をお袋の枕元へ出した。（同）

この用例のように〈お袋〉なのだが、おつぎが勘次を対象とする場合は、全て「勘次」に統一されており父性を表わす呼称は唯の一度も無い、という事実は看過し難い。勘次とおつぎの関係構造は、親子ではなくあくまで対なる〈男・女〉であることを暗示するのである。このように作品の構造を様々な角度から眺める時、勘次とおつぎが〈世代の境界〉を越えた者達であったことを疑うわけにはいかないのである。

二人がどのようにして〈境界〉を越えていったかはわからない。しかし勘次がおつぎの中にお品を見出してから後は、共同体からの極限的な分離と〈いつも雨戸を閉め切った陰気な家〉(五)という状況の中で、〈境界〉が越えられるのには例の〈事件〉のようなきっかけで十分だったであろう。言うまでもなく、おつぎは勘次の深い嘆きと喜びとの源泉であり、勘次の生存に強烈なリアリティをもたらす唯一のものだったからである。その執着には勘次の生存がかけられていたからである。勘次の出自及び両親に関する記述が皆無であることも、勘次の生の根拠が〈お品・おつぎ〉に限定される必然性をもつ。しかしたとえ勘次が〈外部〉の侵入を防ぐことができたとしても、時を止めることができない限り、社会的通路をもたない閉じた〈対幻想〉の世界は〈容赦のない〉(一一)時間の経過の前におのずから「頽廢」(二五)してゆくほかはない。卯平がこの関係に終止符を打つ役割を果したのである。

五　近親姦の換喩としての〈家〉

勘次・おつぎの近親姦は明らさまには一度も語られはしなかった。しかし二人の関係を定式化するためのコードは存在した。それは近親姦の〈換喩としての家〉である。その場面には必らず卯平が介在し、〈汚穢さ〉（十六）、〈褻れ・頽廃〉（二二）といった相のもとに勘次の家が繰り返し描かれるのである。先に引用した、卯平が村に戻った翌朝、現在の家の〈汚穢さ〉からおつぎ一八歳以前の家の〈清潔さ〉を思い出す場面に続いて次の場面が注目される。

> 卯平は庭に立つた儘、空虚《から》になつてさうして雨戸が閉してある勘次の家を凝然と見た。家は褻れて居る。（略）静寂と人氣のなくなつた時は頽廢しつゝある其建物の何處にも生命が保たれて居るとは見られぬ程悲しげであつた。（二二）

「念佛の集り」から家に戻った卯平を介在させた、勘次の家の描写である。「頽廢しつゝある其建物」とは唐突なそして極めて暗示的な表現といわねばならない。おつぎ一八歳以降のこうした〈褻れ、頽廃、生命感の無さ〉は、卯平が凝視する「其建物」の内部で営まれている男女関係の換喩的表現と考えるのが文脈に適っている。物語結末の、卯平による家の焼尽は、勘次の家の〈汚穢さ、窶れ、頽廃〉を卯平が凝視している、というこの構造上の必然として招き寄せられた事態にほかならない。火は「其建物」と共にそれに覆い隠されていた〈生命力尽きた関係〉をも焼き払ったのである。

勘次の願いは「三人の家族が只凝結して」「其日其日と刻んで暮して行くこと」（一一）に尽きていたのだが、それは言い換えれば時間を「凝結」したいという願いにほかならなかった。おつぎにとってかけがえのない、そして「容赦なく」過ぎてゆく時間を勘次は意識化すまいとした。すなわちお品の死後唯一人、大自然の循環性に反逆し続けて勘次は八年の歳月を経過したのである。しかし家の焼失とそれに続く卯平の自殺未遂、そして奇跡的な生還、これら一連の事件は、勘次の強引な願いがすでに限界に達したことを、現実が大きく動きつつあることを勘次に告げた筈である。おつぎはもう二三歳である。内儀さんに、類焼させてしまったことを詫びつつ、「家族の極り」（二八）をつける決意を述べる結末の場面で、勘次の顔に浮ぶ「深い憂」と「惑亂」とは、勘次の脳裡にこの時、みずから長い年月封じ込めようとしてきた、お品の死から現在に至る時間の堆積が一時に湧きあがっていることを示すものである。なぜならこの時初めて、勘次の口から是迄勘次が一度も口にすることのなかった與吉の成長及び未来が語られるのである。

「わし等野郎も其内はあ大《えか》く成つて來つから學校もあとちつとにして百姓みつしら仕込む

べと思つてんでがすがね」（二八）

そして與吉の成長の事実は、当然その裏面にもっとも重大な問題であるおつぎの結婚、すなわちおつぎとの別れを含意している。[14]親子三人で「凝結」してきた、そのかけがえのない時間が終ったことを「深い憂」と「惑亂」のうちに勘次が承認したところでこの物語は終るのである。

作者は勘次のおつぎに対する思いに一度も愛という言葉を用いていない。勘次がおつぎに抱いていたのは〈余りにも深い親しみ〉（二〇）と〈懐しさ〉（二三）であった。〈深い親しみと懐しさ〉は、個我と個我との境界も世代の境界も朧化させた。勘次にとっておつぎはあたかもお品のよう、だったのである。こうした『土』の世界は、個我と個我との間の抜き難い不信と懸隔とを基軸とする漱石の作品ともっとも遠い極に位置を占めている。しかし漱石も長塚節も共に、〈写生文〉という同時代の風がもたらした両翼であるところに、正岡子規の遺産の時代的成熟を見ることができる。

注

（1）「『土』の世界の秩序」（『文学』一九七〇・一二）

（2）夏目漱石は「全体として読者に加速度の興味を与へない」（「「土」に就て」（春陽堂　明治四五・五））と述べている。

（3）橋本佳前掲論文

（4）玉井敬之「『土』について」（『日本文学』昭和二九・七）、小田切秀雄『長塚節』（『明治・大正の作家たちⅡ』所収　レグルス文庫　第三文明社　一九八三・一二）他。
（5）「長塚節の『土』について」（『明治文学研究』明治文学談話会編　一九三四・八）
（6）市村与生の「生命存在の根源的な相互・循環的な諸関係」（『長塚節論　春は冬に遠くして』（創林社　昭和五四・一〇）という見解は小稿の意図する所に近い。
（7）『中里介山全集　第十九巻』（筑摩書房　昭和四七・一）
（8）「人の世の相の物語」（『感情の歴史』所収　有精堂　一九九三・五）
（9）「『多情多恨』論」（前掲書所収）、なお『源氏物語』「桐壺」の『多情多恨』への影響を実証した研究に村岡典嗣「紅葉山人と源氏物語」（『増補日本思想史研究』岩波書店　一九二九・五）がある。
（10）橋本佳前掲論文
（11）『長塚節素描』（講談社　一九七五・八）
（12）梶木剛『長塚節』（芹沢出版　昭和五五・一〇）、林正子「『土』論――インセスト問題・反措定への試み――」（神戸大学『国文学研究ノート』一九八四・一二)、千葉貢「可憐」命の文学」(双文社出版　一九九一・一二)、市村軍平「『土』における関係をめぐって」（『古典と現代』一九九五・九）など。なお饗庭孝男は「小説の場所と〈私〉」（『文学界』昭和五二・七）に「外側から熾烈な噂の偏在を描くことによってその事実を暗示」する、と近親姦説を支持する立場であり、岩佐壮四郎「『土』――〈人事〉と〈自然〉の劇」（『世紀末の自然主義』所収　有精堂　一九八六・八）も饗庭説に賛意を表わしている。
（13）『文学』（一九七四・四）

（14）　橋本佳も前掲「『土』の世界の秩序」の中で、この場面におつぎの名前だけが出されていない不自然さに着目し、インセストの根拠の一つと見ている。

＊本文の引用は昭和五一年版『長塚節全集　第一巻』（春陽堂書店）に拠った。

第十章

〈凝視〉する卯平——

『土』のジェンダー秩序——

小説『土』を考察する時、前提となるべき事は次の二点に概括され得る。一つは、ヒロインおつぎは単独の像ではなく、堕胎の際の破傷風で不慮の死を遂げた母お品との二重像として、小説の初めから終わりまでを支配しているという内的構造、すなわちその〈お品にそっくりな〉という、文学上の〈集合〉ともいうべき美的形式が、『源氏物語』以来の〈紫のゆかり〉の伝統を継承している事である。このような、—が—を思わせる、という類縁性に拠る情愛伝播の形式は、近代の個人主義的人間観を自明のものとしている者にはすでに馴染みの薄いものである。我々は、漱石の小説に典型的な「眼と口と鼻と眉と額と一所になつて、たつた一つ自分の為に作り上げられた顔」(「心」『永日小品』明治四二)という感動の形式をすでに十分に内面化しているからである。

自らの手で堕胎した嬰児を抱いて土に帰ってゆくお品と、まだ乳離れもしない幼い弟をあたかも母のように育てつつ、お品そっくりに成長してゆくおつぎとのイメージの重層性のなかに、生命は土を媒介として絶えず更新され蘇るものとして捉えられ、それがこの小説の宗教的淵源をも暗示している。そしてこの世界を〈まなざす〉者としての卯平の意味が、お品の埋葬後の次のような場面に表れている。

與吉は壁の何処ともなく見ては火の附いたやうに身を慄はして泣いてひしとおつぎへ抱きつく。おつぎは與吉を抱いて泣止むまでは両手で掩うている。(略)卯平は與吉が静か

に成るまでは横に成つた儘おつぎの方を向いて薄暗い手ランプに其の眼を光らせて居る。（五）

前提のもう一つは、テクスト・クリティクを通じて、村民の間に囁かれている勘次・おつぎの近親姦の事実を証明できる事である。(1) これらの前提に立つ時、與吉の〈姉にして母〉、勘次にとっては〈娘にして妻〉というおつぎの性役割の過剰（重層化）は、祖父卯平の血統上の無縁性（過少性）と奇妙な対照をなしている事が見えてくる。人口問題としては生涯を通じて一人の人間をも増やすことなく、勘次・お品・おつぎ・與吉と血統上無縁でありながら、おつぎ・與吉の祖父としての地位にある卯平の血縁的アイデンティティの曖昧さは際立って見える。血統の希薄さとジェンダーの重層性とが、『土』の世界の特殊なヒエラルキーを示唆している事は疑いがない。

『土』は明治後期、農村の寄生地主的土地所有制の確立による小作貧農の絶望的な窮乏という、客観的な背景をもつ一家族の、二世代にわたる物語と、ひとまず言うことができるが、近世以来の農村における伝統的習俗や世界観を知る上での貴重な資料としてもかけがえがない。まず、ともに激しく労働する夫婦が全く対等であり、どれ程貧しくともお品は行商してかせいだ私有の金を持っていること。これは農村において動産に関しては女に実権があったという、室町以前にまで遡る事ができる歴史的事実が〈江戸期以降も引き続いていた(2)〉という仮説を裏付ける例となっている。勘次一家はまさしく家政において女の発言権が強いのである。また若者宿や夜這いの慣習、季節毎に回遊してくる瞽女とその口寄せの役割など、貨幣経済の浸潤につれて時間・空間が均質化される以前の、「質的に意味付けられた形象的空間」[3]そして時間が『土』には十分に息づいている。その世界観を概括するならば、彼岸と此岸とが近接していたと言えるであろう。お品が命を落とす事になった堕胎も、その観点から見れば、現代のそれとは全く異なる意味を持つ。

現世と他界とが互いに親しいということは、生と死が互いに補完し合い、生命が循環・連続するものとして捉えられていることを示すのだが、生命の誕生に際しては、このような意識が間引きや堕胎を一般化させてもいたわけである。少なくともそこに犯罪の意識は希薄であった。佐々木保行編著『日本の子殺しの研究』[4]によれば、間引きは多くの地方で「戻す」「帰す」と表現された。その理由は、〈七つまでは神のうち〉といわれるように、赤ん坊はまだあの世とこの世との中間的存在なのであり、幾つかの儀礼を通して次第にこの社会へと移行してゆくものだからである。柳田國男は堕胎した嬰児を床下に埋める意味を「それは汚れがないというだけでなしに、若者の魂は貴重だから、早くふたたびこの世の光に逢わせるようになるべく近い処に休めておいて、出て来やすいようにしようという趣意が加わっていた」(『先祖の話』)と述べている。

お品も四か月で堕胎された嬰児を、はじめ「床の下」(五)、次いで〈家の後の牛頽子の下〉

に埋めているのだが、これら民俗学の知見によれば〈嬰児を床下に埋める〉行為は、罪を隠蔽するという個人的・直接的なものではなく、〈生まれ替りを早くするため〉という共同幻想に基づく歴史的・文化的行為なのであった。そうであれば、遺伝の原理などに関する無知が、〈生き写し〉であることに、ある生れ替りを信じさせた事は、極く自然な事に思われる。すなわち勘次にとって、おつぎを愛することとお品を愛することとが別の事でなかったこと、そこにいささかの矛盾もなかったことが理解されるのである。しかし近世社会を通じて人口調節をなさしめた間引きや堕胎は、当然女のセクシュアリティの問題でもある。そのような社会が女のセクシュアリティの無残な犠牲の上に維持されていた事を示すのである。お品は自ら破壊し、おつぎのセクシュアリティは、間引かれる赤ん坊のように〈家の床下〉に蹂躙される。そしてこの二代にわたる女の犠牲をじっと見つめているのが卯平である。お品の乳を欲して夜泣きする與吉を抱く「おつぎの方を向いて薄暗い手ランプに其の目を光らせている」卯平は、父勘次によって蹂躙されるおつぎを「凝然と見」る卯平でもある。

卯平が、母親を失ったおつぎと與吉をひたすら見つめるのは、そこに自らの起源を、自らの根拠を確かめ得るからだ。

　　おつぎでも與吉でも「爺よう」と喚んでくれればふいと懶い首を擡げて明るい白昼の光を見ることによつて何とも知れぬ嬉しさに涙が一杯に漲ることもあるのであつた。（一八）

この苛酷な物語は、忍びやかにしかし着実に現世から遠ざかりつつある老衰者〈卯平のまなざし〉の中で進行するのである。それが卯平という人物の物語的機能である。しかし先に触れたように、卯平は、未亡人であったお品の母の入り婿なのだから勘次・おつぎ・與吉と血のつながりはない。〈親・子・孫〉の血縁による秩序は相対化されている。そしておつぎの性役割も現実社会のあるべき秩序から逸脱して行く。『土』の、このヒエラルキーの逸脱・相対化にはどのような歴史的記憶が刻み込まれているであろうか。

長塚節は茨城県岡田郡国生村の生まれであるが、この地は平将門の根拠地として知られる古代下総国豊田郡石下に当たっている。つまり『土』の舞台は平将門の反乱を育んだ地帯なのである。平将門の乱は、一〇世紀前半、律令制をもって列島の統一をはかろうとした天皇・貴族の国家権力に対する民俗的反抗であり、『将門記』は農村をテーマとして、そこに繰り広げられる政治的闘争をリアルに描いた戦記である。松本新八郎は、将門の威勢と財力を育んだものが、他の豪族たちのように氏族制度を背景とした族長的なものではなく「農村の支援」であったこと、それが将門の特異性であったことを『将門記』の記述から読み取っている。[5] 将門は即位し、東国の天皇として天皇制の絶対的秩序を揺るがした。そしてまた冒頭で触れた「源氏物語」も、源氏が母桐壺に生き写しの女、父の妃、藤壺女御と通じ、源氏の〈弟にして息子〉が新天皇に即位することで天皇制をその頂点において相対化する物語であった。『土』の階層秩序の逸脱に、勘次・卯平らが天皇制を震撼させた村落共同体の力と遠くつながっていることを作者が意識しなかった筈はない。

注

（1）本書第九章「〈境界〉を越える者達——『土』の複合像——」を参照されたい。
（2）網野善彦・宮田登「歴史としての父」（『大航海』新書館　一九九七・一二）
（3）柄谷行人『日本近代文学の起源』（講談社　一九八〇・八）
（4）高文堂出版社　一九八〇・二
（5）「将門記の印象」（林陸朗編『論集平将門研究』現代思潮社　一九七五・一一）

初出一覧

ジェーン、グレーの眼―『倫敦塔』―（「『倫敦塔』―ジェーン・グレーの眼」改題）
『国文学 解釈と鑑賞 二十一世紀の夏目漱石』 二〇〇一・三 至文堂

学問から小説へ―『趣味の遺伝』の余―
書き下ろし

天皇の国の貴公子―『坊っちゃん』の〈声〉―
『国文学 解釈と鑑賞 特集 ジェンダーで読む夏目漱石』 二〇〇五・六 至文堂

〈意識〉の寓話―『夢十夜』の構造―（「『夢十夜』の構造―〈意識〉の寓話」改題）
『日本文学』 vol. 47 一九九八・六

ネクロフィリアとギリシャ―『三四郎』の身体―（「窃視とネクロフィリア―『三四郎』の身体」改題）
『叙説』 Ⅱの8 二〇〇四・八 花書院

〈復讐劇〉〈切札〉〈乾酪の中の虫〉―『それから』の殺戮
（「〈復讐劇〉〈切札〉〈乾酪の中の虫〉―『それから』の叙述」改題）『叙説』 XIX 一九九九・八 花書院

循環するエージェンシー―〈欲望〉としての『門』―
『日本文学』 vol. 53 二〇〇四・六

「貴方に会ひたかつたのです」―『こゝろ』の第三の手記―
（「『こゝろ』の第三の手記―「貴方に会ひたかつたのです」―」改題）
『月刊国語教育』vol. 21　二〇〇一・一一

〈境界〉を越える者達―『土』の〈複合像〉―
『日本近代文学』第58集　一九九八・五

凝視する卯平―『土』のジェンダー秩序―（「卯平」改題）
『叙説』Ⅱの5「特集　脇役たちの日本近代文学」二〇〇三・一　花書院

あとがき

小説『坊っちゃん』は、「地方語」を撲滅しつつ「標準語」という公共の言語、均質的な言語を押し付ける国家という公共圏に対して、それらを決して習得できない、前近代からやってきた子供の様な人物の武勇譚である。「坊っちゃん」は、私的な関係の人間だけに通じる言葉しかあやつることができない。近代国家は、言語のみならず「時間」「空間」をも均質化していく。「社会的有機体が均質で空虚な時間のなかを暦に従って移動していくという観念は、国民の観念とまったくよく似ている」（『想像の共同体』）とベネディクト・アンダーソンは述べた。「国民もまた着々と歴史を下降し（あるいは上昇し）動いていく堅固な共同体と観念される」（同）からだ。その「堅固な共同体」が強いてくる、時計と暦によって計量される偶発的時間性に抗して、漱石は〈消えぬ過去〉という美的領域を文芸上に開拓してみせた。その嚆矢は『三四郎』であると思う。美禰子に借りた三〇円を返すべく原口さんのアトリエを訪れ、原口が描きつつある絵が描かれ始めた時期について美禰子と三四郎が語らう場面である。

「本当に取り掛つたのは、つい此間ですけれども、其前から少し宛描いて頂いてゐたんです」

「其前つて、何時頃からですか」

「あの服装《なり》で分るでせう」

三四郎は突然として、始めて池の周囲で美禰子に逢つた暑い昔を思ひ出した。

「そら、あなた、椎の木の下に跼がんでゐらしつたぢやありませんか」

「あなたは団扇を翳して、高い所に立つてゐた」　（十）

わずか二か月前の出来事がすでに〈昔〉である。この世界では〈昔〉はかくも新しい。この〈昔〉は、創られたばかりの未成の光芒を未来に向けて放つかのようだ。〈消えぬ昔〉が創られたことは、〈消えぬ昔〉を抱懐した人間が創られたことと同義である。この場面をはじめて読んだ時の、何かぜひとも思い出さなくてはならないことが自分にもあるかのような強い促しを感じた記憶は今も鮮明である。私のそうした感情が少しでも本書に反映されていることを願っている。

副題を「時計はいつも狂っている」としたのも、やはり『三四郎』に拠るところが大きい。考察したように、東大正門前の「松」と「狂った時計」を、広田の換喩的表現と考えた時、この副題を思いついたのだが、その後、田村俊子「紛失」（大正三年一一月『新潮』）を読んだ。この小説は、俊子が、漱石に依頼された原稿を朝日新聞社に紛失されてしまった件で、漱石邸を訪問した時のことを書いたもので、病を押して俊子に親切に応接する、ある日の漱石が印象深く捉えられている。

N先生は熱がつてゐた。さうして、今日は心持のよくない日なのだと云はれた。

「私の身体は狂ひの出た時計みたいに、危険でね。」

と、窓から外を眺めながら考へてゐた。

「紛失」の中で、漱石が、自分の身体を〈狂った時計のような〉という比喩で語っているのを読んで、このタイトルに確信を持った。すなわち、自分の〈内部〉で起こる生成や死など、自身で経験することのできない領域を漱石は〈狂った時計〉と認識していたのだと思えた。

『漱石・藤村〈主人公の影〉』（愛育社）を出してから一五年ぶりに漱石論を出版する機会を得た。私の足取りはもとより遅いのだが、私と漱石との関係がそういうものだったということでもあろう。引き伸ばされた至福の時間だったとも言える。私の研究（もしそう呼べるとすれば）は、都立大大学院時代の大石ゼミを水源としているが、その後当然のことながら多くの先輩、友人の学恩を受けている。すべての方々のお名前を挙げることは叶わないが、とりわけ私が論文を書き始めた頃から、ぶしつけにお送りする私の論文に対して常に適切な御批評と励ましとを下さった、相馬庸郎氏、平岡敏夫氏、中山和子氏、さまざまな研究の場で知り合い、たくさんの刺激と前へ進む元気とをいただいた小倉脩三氏、江種満子氏、井上理恵氏、伊藤左枝氏、そして近代部会の皆さんに厚くお礼を申し上げます。表紙絵を探してくれた石井みちるさんにお礼を申し上げます。

本書の出版に当たって翰林書房、今井肇氏、今井静江氏にいろいろな要望を聞いていただき大変お世話になった。心から感謝申し上げます。

二〇一三年立春

関谷由美子

索　引

【著者略歴】

関谷由美子（せきやゆみこ）。東京生まれ。

1980年、東京都立大学大学院人文科学研究科博士課程修了
1990年、梅光女学院大学大学院文学研究科博士後期課程修了。

日本近代文学・女性文学専攻。文教大学他非常勤講師。

著書 『漱石・藤村〈主人公の影〉』(愛育社 1998・5)、『大石修平 感情の歴史』(共編 有精堂 1993・5)、『島崎藤村―分明批評と詩と小説と』（共著 有精堂 1996・10)、『近代文学における性と家族』(共著 笠間書院 1999・4)、『韓流サブカルチュアと女性』(共著 至文堂 2006・7)、『明治女性文学論』(共編 翰林書房 2007・11)、『大正女性文学論』(共編 翰林書房 2010・12)、『井上ひさしの演劇』(共著 翰林書房 2012・11)。

論文 「戦闘美少女の戦略―『木乃伊の口紅』の少女性」(『国文学解釈と鑑賞 別冊 今という時代の田村俊子』2005・6)、「小川洋子『博士の愛した数式』の語り手―〈離れ〉と〈暗闇〉」(『社会文学』28号 2008・7)、「〈糸魚川心中事件〉と『あきらめ』―二つの〈自由〉をめぐって」(『近代文学研究』28号 2011・4)、「『高橋阿伝夜叉譚』の機構―隠喩としての〈博徒〉」(『近代文学研究』29号 2012・4) 他。

〈磁場〉の漱石
時計はいつも狂っている

発行日	2013年3月1日 初版第一刷
著 者	関谷由美子
発行人	今井 肇
発行所	翰林書房
	〒101-0051 東京都千代田区神田神保町2-2
	電話 (03) 6380-9601
	FAX (03) 6380-9602
	http://www.kanrin.co.jp
	Eメール● Kanrin@nifty.com
装幀	須藤康子＋島津デザイン事務所
印刷・製本	凸版印刷㈱＋㈱メデューム

落丁・乱丁本はお取替えいたします

ISBN978-4-87737-344-3